「無理」
Miku Mizushiro
瑞城　美玖
クールで一匹狼な美少女。獏也の同級生で、非常に毒舌。当然、獏也に対しても辛辣。
Bakuya Hanzaki
半崎　獏也
不眠症に悩む高校二年生。不器用でまっすぐで煩悩に葛藤している男。君鳥ちゃんのおちょくりに翻弄されている。

オレの乱れた呼吸と
合わせるように、
獲物を最良のタイミングで
射止めるように。
そして、静かに、ひっそりと、
君鳥ちゃんは囁いた。
吐息をたっぷりと滲ませた
甘美な声色で。

「せんぱいの、
えっち……っ」

「――んぁッ……
うっ……あっ……！」

あえて君鳥ちゃんの一番弱い部分ではなく、
その周りを執拗に攻め続ける。
焦らしに焦らされた君鳥ちゃんが
限界に達しそうになった瞬間――
ぞりゅる。
と、一番弱い部分を
優しく撫で上げた。

CONTENTS

「一緒に寝たいんですよね、せんぱい？」と甘くささやかれて今夜も眠れない

丹森奇恋

ファンタジア文庫

3285

口絵・本文イラスト　むにんしき

第一話　「そろそろベッドインしましょうか」

ボーカロイドが歌い上げる般若心経《はんにゃしんぎょう》を聴きながらオレは目を瞑《つぶ》った。

エレクトリックで、ポップで、どこかサイケデリックなメロディに乗せて、透明感たっぷりな電子音声が般若心経を延々と奏《かな》で続ける。電子の歌姫と由緒正しき宗教の融合。これが現代の涅槃《ニルヴァーナ》か……。

ＳＦと仏教は相性が良いと聞くが、徳の低いオレには正直よくわからない。いや、曲としてはとても素晴らしいいし、中毒性があるのも確かだが。

しかし、これを聴きながら眠るのは些《いささ》か無理があった。

「……はぁ」

枕元に置いてあったスマホを手に取り、般若心経を停止した。

「はぁ」

二連続で溜息《ためいき》を吐き出しながら、煌々《こうこう》と照るスマホの画面を一瞥《いちべつ》する。

深夜二時。

ベッドに入ってから、すでに三時間が経過していたことを知って軽く絶望した。明日は平日、つまり普通に学校がある。今すぐ眠れたとしても四時間弱しか眠れない。……そもそも、今すぐ眠るということ自体どう考えても不可能だけれども。

「はぁ……」

三度目の溜息を吐《つ》いてオレはむくりと起き上がった。

どうしてこんなに眠れないいんだ。

やるせない気持ちが沸々と溢《あふ》れ、炭酸のようにパチパチと音をたてて虚《むな》しく弾《はじ》けていく。日中は眠たくて眠たくて仕方ないのに。夜が更《ふ》けていくにつれ眠気が増していくのに。いざ、ベッドに横たわったらまったく眠れない。眠ろうとすればするほど脳が覚醒してしまう。眠らないといけない、という不安と焦燥感が余計に負のスパイラルを起こしてこんがらがっていく。

目を瞑って、無心になろうとしても、無駄な意識が脳を蝕《むしば》んでしまう。舌の位置はここで正しかったっけ、と無意味なことを思い悩んだり。過去のトラウマがフラッシュバックして恥ずかしさと情けなさに身悶えしたり。とっくの昔にクリアしたゲームのＷｉｋｉを熟読し始めたり。

そうこうしているうちに夜が明けて、新聞配達のバイクの音が聞こえ、空が白んでいき、朝が来て愕然《がくぜん》とする。そして、朝になればなるほど眠たくなるという天邪鬼《あまのじゃく》っぷりに我ながら嫌気が差す。

日中は寝不足のせいで些細《ささい》なことでイライラしてしまうし、頭が働かないせいでミスばかりだし、授業中はひたすら居眠りをして過ごすという体たらく。まったく、何のために学校に行っているのかわけがわからない。

そんな生活がかれこれ半年ほど続いている。

一応、これでも眠るための方法を色々と試してきたのだが……。

例えば、リラックスして眠れるように様々な音声作品に手を出してみたり。ヒーリングミュージック、環境音、カフェとかホテルで流れてそうなＢＧＭ、声優の朗読劇、ＡＳＭＲ………そして、辿《たど》り着《つ》いたのがボーカロイドが歌う般若心経だった。しかし、それも安眠には程遠く、失敗に終わった。

「…………はぁ」

四度目の溜息を吐くと共にオレは立ち上がった。

このままベッドの上でウダウダしていても埒《らち》が明かない。おなかも空いてきたし、開き直ってコンビニに行くことにしよう。一回、眠ることから離れてみた方が逆に眠れるかもしれないし……。

★　★　★

コンビニで買ったカップ焼きそばを両手で持ち、お湯を零《こぼ》さないように細心の注意を払ってトボトボと深夜の町を歩く。

ちっぽけな田舎町、比辻野《ひつじの》市。

田舎町といっても田園風景や森林など自然溢れるノスタルジックな雰囲気の田舎ではなく、元々は都会じみていた町がだんだんと活気を失って人口が減少していったタイプの田舎町だ。つまり、何もなくてつまらない退屈な町。

現在時刻は深夜二時過ぎ。カラオケ店や居酒屋も一時くらいで閉店するため、こんな時間まで営業している店はコンビニくらいしかない。だが、そのおかげで夜の比辻野は世界が終わったかのように酷《ひど》く静かで、妙にドキドキする寂しさを孕《はら》んでいた。

どこか退廃的で、何となく美しい。中途半端《ちゅうとはんぱ》な田舎町だからこその静寂を感じて、オレは初めてこの町のことを好きになった。

車一台通らない道路のド真ん中を歩く開放感に酔いしれながら、空を見上げた。魔王でも降臨しそうな、やたら立体感のある雲がもくもくと夜空を覆っている。五月半ば、ほんの少し肌寒い空気が丁度いい塩梅《あんばい》に気持ちが良い。みんなが寝静まった中、こうして悠々と真夜中を楽しめるのは不眠症の特権だ。

……そんな風に深夜テンションで一人盛り上がっていると、目の前を猫が通り過ぎてビビり散らした。危うくカップ焼きそばをぶちまけるところだった。

と、そろそろ三分経《た》ったことに気づき、近くにあった公園に立ち寄った。古ぼけた滑り台と公衆トイレとベンチ一つしかない、小さな公園だ。

トイレの手洗い場でお湯を捨て、ソースと青のりをふりかけ、完成したカップ焼きそばを抱き締めるように抱えてベンチに腰を下ろした。

「ひひひ」

濃厚なソースの香りに脳がやられて思わず気持ち悪い笑い声を漏らしてしまった。

まぁ、こんな深夜に誰に聞かれるわけもない。聞かれたとしても猫くらいだ。……と開き直って、オレは焼きそばをずるずると啜《すす》った。

ああ……深夜のカップ焼きそばの犯罪的な美味《うま》さが空腹に染《し》み渡《わた》る。ちょっぴりスパイシーなソース、もちもちの麺、香ばしい青のり、へにょへにょのキャベツ。健康に真正面から反逆しているジャンクな感じがたまらない。こんな美味いモノが二百円そこらで買えて、三分程度で作れるなんて人類は業が深い生き物だ。

一気に麺をかっこみ、口をパンパンに膨らませて幸せを噛《か》み締《し》めた。

その瞬間。

「あの……もしかして、ラリアット先輩ですか？」

突然、何者かに声をかけられて焼きそばが喉に詰まった。

「げほっ、げほっ！」

むせ返って涙目になりながらオレは顔を上げた。すると、そこには一人の女の子が立っていた。

脳内に疑問符がわさわさと溢れる。真夜中の公園でカップ焼きそばを食べていたら、いきなり女の子に声をかけられた。しかも、ラリアット先輩、という意味不明な敬称で。どういうことなんだ一体。

「大丈夫ですか？」

激しく咳《せ》き込むオレを気怠《けだる》そうなタレ目で見つめ、女の子は小首を傾《かし》げた。

オレは問いかけに答えるより先にペットボトルのミネラルウォーターをごくごくと飲み

った。

干し、軽く息を吐き出した。無事、焼きそばは喉を通り抜けていったようで、随分楽にな
「だ、大丈夫だ」

恐る恐る言葉を返して女の子をジッと見つめた。

ふわっとしたセミロングの髪の毛。おっとり、というよりもダウナーな空気感を醸《かも》し出《だ》しているジトッとしたタレ目。表情は乏しく、無機質な感じだが——だからこそ、というべきか——透明感のある美少女だ。

同い年くらいに見えるが……穏やかで落ち着いた雰囲気から察するに年上かもしれない。いや、オレのことをわざわざ先輩と呼ぶということは年下かもしれない。

クリーム色のパーカーに、シンプルなデザインのショートパンツ。随分ラフな恰好《かっこう》だが、部屋着だろうか？　こんな真夜中にランニングってことはないだろうし……。

今更ながら、女の子が手に持っているモノに気がついた。

カップ焼きそばだ。

オレが食べていたモノと同じメーカーのカップ焼きそばだ。しかも、大盛り。すでに湯切りは済んでいるようで、濃厚なソースの香りが漂っている。

「む……。あげませんよ」

オレの顔が物欲しそうに見えたのか、女の子はカップ焼きそばを抱きかかえるようにして守りのポーズを取った。

「いや、いらんけど……」

女の子は疑わしそうな目でオレの顔をマジマジと見つめた。

「本当ですか？」

「……ああ、本当だ。今、同じモノを食べ終わったばっかだし」

そう言ってオレは空っぽになったカップ焼きそばの容器を見せつけた。

「でも、おかわりが食べたい可能性だってあるじゃないですか」

「だとしても見ず知らずの女の子から奪うわけないだろ」

「成程」

こくりと頷《うなず》き、女の子は澄んだ瞳でオレを見つめた。

「つまり、見ず知らずの女の子でなければ奪うというわけですか」

「言葉のあやだ！」

何なんだ、この子……。せっかくの可愛《かわい》さがヘンテコな言動で相殺《そうさい》されてしまっている。

「ところで、私の最初の質問に答えてもらってもいいですか？」

「最初の質問？」

「ラリアット先輩ですか？　という質問です」

再び意味不明な敬称で呼ばれ、オレは軽く溜息を吐き出した。

「なんだそれ……」

ラリアットという言葉には思い当たるフシがあるけれども……。

「あれ？　蔦見《つたみ》高校の二年生、半崎獏也《はんざきばくや》先輩、ではありませんでしたか」

今度はフルネームを呼ばれて面食らった。

「……合ってるよ。オレは半崎獏也だ」

「では、ラリアット先輩ですね」

「何故《なぜ》そうなる」

勝手に半崎獏也＝ラリアット先輩にするな。ていうか何だ、ラリアット先輩って。絶対バカにしてるだろ。

「一ヶ月前の入学式の日、廊下で校長先生に辻《つじ》斬りのようにラリアットをしたじゃないですか」

女の子は清らかな声色でとんでもないことを淡々と口にした。

「だから、私達一年生の間ではラリアット先輩と呼ばれてバカに――けほん。親しまれているんです」

おい。バカにされている、って言いかけたな？

……というか、一年生の間でそんなマヌケな知名度を誇っていることがショックなんだが。ただでさえ二年生の間でも校長にラリアットしたクレイジーなヤツとして後ろ指をさされているというのに。

「ラリアット先輩？　物悲しそうな顔をしていますけど、どうしました？」

「ラリアット先輩って呼ぶな」

「でも、事実じゃないですか。ラリアットをした先輩だから、ラリアット先輩。シンプルイズベスト、単純明快です」

「いや、そもそもオレはラリアットしてないから」

オレの返答を聞き、女の子は首を大きく傾げた。

「ラリアット先輩なのにラリアットしていない？　はて、それでは辻褄《つじつま》が合わなくなりますが」

「そんな辻褄は合わなくていいんだ。正しくは、歩いていた時にずっこけてしまって、その拍子に校長先生の顔に腕が当たっただけだからな。当然、意図的にやったわけじゃない」

幸い、校長先生に怪我《けが》はなく笑って許してくれたが、あの時の記憶は今思い出してもゾッとする。

「ずっこけて腕が当たってしまった？　意図的でなかろうとも、それはラリアットであることに間違いはないのでは？」

「うぐ……」

痛いところを突かれてオレは情けなく唸《うな》り声を上げた。

「でも、どうしてそんなことをしてしまったのですか？」

「……寝不足で足がもつれたんだ」

嫌々ながら言葉を吐き出し、オレは顔を伏せた。

どうせ、眠れない辛《つら》さは他人にはわからない。普通に生活をしていたら人間は夜に眠れるようにできている、だから、眠れないのは普通に生活をしていないからだ、と嫌味を言われるのが関の山だ。

「随分、情けない顔をしていますね。もしや、今日も寝不足なんですか？」

「……ああ」

女の子と目を合わせないように顔を伏せたまま、オレは小さく頷いた。

「へぇ。寝不足なのに、夜《よ》ふかししているんですね」

オレの顔を覗《のぞ》き込み、女の子は口角を少し緩ませた。

「もしかして……先輩、不眠症なんですか？」

女の子の発した言葉を聞いた瞬間、心臓がドクンと脈打ったのを感じた。

「あ、ああ」

自然と声が震えた。

「そうなんですね」

女の子の返答はただ、その一言だけだった。

でも、オレにとってはその一言が嬉《うれ》しかった。不眠症を否定せず、バカにせず、適当な慰めも言わない。なんだか……受け入れてもらえた気がして、ほんのりと穏やかな気分になった。そのせいで気が緩んだのか、オレはペラペラと自分語りを始めていた。

「眠ろうと思ってもまったく眠れないんだ。ここ半年くらいかな……ずっと、だ。眠ろうと思えば思うほどドツボにハマって、余計に眠れなくなる。親に相談しても目を瞑《つぶ》っていれば人は自然に眠れるようになっている、と他人事《ひとごと》のように言われてさ……。眠れる人間は眠れない人間の気持ちなんかまったく理解できないんだ」

女の子は静かに、心地よい間隔で相槌《あいづち》を打ってくれた。それがまた、不眠症に苦悩するオレの心を優しくほぐしてくれた。

「夜は眠れないくせに昼間はずっと眠くて、イライラして、頭が回らなくて。だから、ミスばかりして……そのせいで校長先生にラリアットまがいのこともしてしまった。いっつも授業中に眠ってしまって成績はガタ落ちだし、教師からの評価はすこぶる悪いし。まったくもって、どうしようもない。…………あ。すまん。ウダウダと愚痴を言ってしまって」

今更ながら、見ず知らずの女の子に自分語りを炸裂《さくれつ》させてしまったことを後悔し、恥ずかしさで全身が熱くなった。

「大丈夫ですよ、先輩」

女の子は唇をやんわりと緩め、ひっそりと笑った。それは、今までの無機質な無表情からは想像できない、人間味溢《あふ》れた温かみのある笑顔だった。

「私がついていますから。大丈夫です」

そう言って女の子はオレの隣に腰を下ろした。

私がついているから大丈夫？　その言葉の意味を理解しかねていると、女の子は慣れた手つきで大盛りカップ焼きそばの蓋を開け、割りばしを手に取った。

「一先《ひとま》ず、お話の続きはこれを食べてからでもいいですか？」

オレの返答を待たず、女の子は素早い箸捌《さば》きで麺をすくって美味《おい》しそうにずもずもと咀《そ》嚼《しゃく》した。

「ん……！」

女の子は目をカッと見開き、恍惚《こうこつ》の表情を浮かべて夜空を見上げた。よほどカップ焼きそばが好きなのだろう。気持ちはとても良くわかる。

「私、この公園でカップ焼きそばを食べるのが日課なんです」

「日課？」

「だって、夜中に食べるカップ焼きそばって最強じゃないですか」

成程、反論の余地がない無敵の答えだ。

しかし、毎日――夜中に食べているとなると、一つ疑問が湧いてくる。

「もしかして――」

疑問を口にしようとした寸前で、オレの言葉は焼きそばを勢いよく啜《すす》る音に掻き消されてしまった。

――ずるずるずびびびー！

静かな夜の公園に焼きそばを啜る音が景気よく響き渡った。

「あ、すみません。下品な音をたててしまって……。我慢していたので、つい」

頰を僅かに赤く染めて女の子は舌をペロッと出した。

「いや、別に謝らなくてもいいだろ。焼きそばは啜ってナンボだからな」

「確かに、そうですね。では、遠慮せずにズビズビしちゃいます」

そう言って女の子は嬉しそうに麺を啜り、口いっぱいに頬張ってもぐもぐした。大盛りの焼きそばが見る見るうちになくなっていく食べっぷりは見ていて大変気持ちが良《い》い。それに、クールでダウナーな感じの女の子が口を膨らませて一生懸命食べているのは妙にほっこりする。

「ご馳走様《ちそうさま》です」

瞬《また》く間《ま》に食べ終えた女の子は満足そうに両手を合わせた。

「先輩」

食べ終えたカップ焼きそばのゴミをコンビニ袋に入れて片付け、女の子はオレの顔をジロリと見上げた。

「私が食べているところをやたら凝視していましたけど、もしかして、女子の食事シーンに性的興奮を覚えるタイプですか？」

「そ、そんなわけあるか！　ただ、気持ちが良い食べっぷりだと思って――」

「気持ちが良い、というのは性的な意味ですか？」

「ち・が・う！　オレの性癖は断じてノーマルだ！」

「つまり、自分が理解できないモノは異常《アブノーマル》だと？　成程。女子の食事シーンに性的興奮を覚える全世界の人々を敵に回しましたね」

「何故そうなる！」

憤慨するオレをやる気のない目つきで見つめて女の子はクスクスと笑った。

「ちなみに先輩の性癖は何ですか？」

「しれっと変なことを訊《き》くんじゃない」

「成程。他人には言えない後ろめたい……あるいは、犯罪的な性癖なんですね」

「勝手に決めつけるな！」

「では、教えてください。そうでないと、先輩は極悪卑劣外道鬼畜な性癖の持ち主だと決めつけます」

「ぐぬぬ……」

このままではダメだ、とオレは観念して言葉を絞り出した。いいようにコントロールされている気がするが……致し方ない。

「強いていえば……声とか、音とか、ＡＳＭＲ作品だな」

「へぇ、音フェチなんですね」

ジトッとした目で女の子はオレの耳を一瞥《いちべつ》した。生温《なまぬる》い視線に思わずビクリとしてしまう。

「卑猥《ひわい》なジュボジュボ音を聴いて毎晩おほぉ〜ってなっているんですね」

「表現方法に恥じらいを持て」

無表情で淡々と喋《しゃべ》るせいで本気で言っているのか、ふざけているのかがわかり辛《づら》い……。

「これは言い訳でもなんでもないが、オレは卑猥な音声よりも、むしろ健全な音声の方が好きなんだ。耳元で囁《ささや》かれたり、耳に吐息をかけられたり、耳かきしてもらったり。耳に、そして鼓膜に感じる絶妙な感覚がドキドキしてたまらないんだ。勿論《もちろん》、卑猥な音声も好きだが……」

またしてもベラベラと自分語りをしてしまった。女の子の適度な相槌と静かな空気感のせいで、ついつい饒舌《じょうぜつ》になってしまう。

「後輩の女子に自分の性感帯を嬉々《きき》として語るなんて流石《さすが》ラリアット先輩ですね」

「ぐっ……き、キミが訊いてきたんだろっ」

オレの反論を軽く受け流し、女の子は静かに微笑《ほほえ》んだ。

「そういえば、名乗っていませんでしたね。私、蔦見《つたみ》高校一年生、小比類巻君鳥《こひるいまききみどり》と申します。小比類巻って言いにくいので、可愛《かわい》く気さくに君鳥ちゃん、と呼んでください」

「いや、流石に初対面の女子を名前で呼ぶのは——」

「初対面の女子の前で性癖を語ることはできるのにですか？」

ぐうの音も出ない。

「き、きみどり……さん」

「ちゃんと呼んでください」

「うぐ……き、君鳥ちゃん」

「ふふっ、おっけーです」

ご満悦の表情で君鳥ちゃんは立ち上がり、縮こまっているオレの顔を見下ろした。

「さて、先程の話の続きをしましょうか」

散々におちょくられてスッカリ忘れていたが、私がついているから大丈夫、と君鳥ちゃんが言った真意を知りたいんだった。

「単刀直入に言いますね」

妙に立体感のある曇った夜空を背景に君鳥ちゃんはニヤリと笑う。

「私、不眠症を治す方法について色々と詳しいので、先輩がぐっすり眠れるようにお手伝いさせてください」

不眠症を治すためのお手伝い？　君鳥ちゃんの言葉を脳内で反芻《はんすう》し、オレは顔をしかめた。

「待ってくれ。気持ちはとても嬉しいけど、なんでそんなことを？　君鳥ちゃんにメリットがないじゃないか」

「先輩のこと、おちょくり倒すのが楽し――けほん。おちょくり倒すのが楽しいので」

おい。そこは、つい本音を言ってしまってオブラートに包む流れじゃないのか。本音からの、改めて本音ってなんだそれ。

「というわけで、今から私の家に行きましょう」

「……は？　待て、待て！　いくら何でも家に行くなんてダメだろ！　しかも、こんな夜中に！」

「はー、これだから童貞は困りますね」

童貞と決めつけるな！

……童貞だけど。

「大丈夫ですよ。私、先輩のこと信頼していますから」

「信頼って言ったって、さっき会ったばかりだろ」

「それでも、充分お喋りして先輩の人間性は理解したつもりです。ムッツリスケベの童貞クソ野郎だけど、いざとなると腰が引けて何もできない臆病チキンの包茎マゾヒストだ、と」

「悪意と偏見しかない……！」

★　★　★

公園から五分ほど歩き、君鳥ちゃんの住む五階建てのマンションに辿《たど》り着《つ》いた。当たり前だが、どの部屋も電気が消えている。みんな寝静まっているのだ。改めて、こんな真夜中まで起きている自分の異常さを思い知った。

……そして、それ以上に、夜中に出会ったばかりの女子の家に行く自分のヤバさに戦慄する。君鳥ちゃんの圧に負けて思わずついてきてしまったが、色々と大丈夫なのだろうか。

「こっちですよー」

近所迷惑にならないよう声をひそめて、君鳥ちゃんはオレを手招きした。マンションの一階の突き当たり、そこが君鳥ちゃんの部屋のようだ。

「一人暮らしなのか？」

「はい」

何でもない風に肯定し、君鳥ちゃんは可愛らしいフクロウのキーホルダーが付いた鍵を取り出した。

一人暮らしの女子の家。更にオレのヤバさが際立《きわだ》った気がする。

「実家は八木畑《やぎばたけ》なんで、そこそこ近くですけどね。知っていますか、八木畑。ここから電車で一時間くらいの辺鄙《へんぴ》な町です」

「ああ、知ってるが……」

「高校入学と同時に一人暮らしを始めたんです。思春期の女の子ですからね、一人暮らししたいお年頃ってやつです」

部屋の鍵を開けた後、君鳥ちゃんは首を傾《かし》げてオレの顔をマジマジと見つめた。

「先輩、緊張してます？　もしかして、女子の家に入るのは人生初めてとか？」

「うぐ」

図星だった。

「ふふっ、そんな畏《かしこ》まらなくて大丈夫ですよ。それに、心配もしないでください。ハニートラップとか、実は私が腹黒で先輩を陥《おとしい》れようとしているとか、そういうことは一切ないですから」

そう言って君鳥ちゃんは目を細めて微笑んだ。

「私は純粋に、先輩がぐっすり眠れるようにお手伝いしたいだけですから」

さっき、オレをおちょくるのが楽しいから、と言っていた気がするのだが。

「ほらほら、そんな不細工な顔していないで、遠慮せず入ってください」

「あ、ああ」

君鳥ちゃんの有無を言わさぬ圧に負け、オレはおずおずとサンダルを脱いで玄関に足を踏み入れた。

玄関を上がると、その先はちょっとした廊下になっており、左手側には小型の冷蔵庫が置いてある小さなキッチン、右手側には洗濯機とバスルームの扉があった。そして、真正面の扉を開くと、メインルームが姿を現した。

ここが、君鳥ちゃんの住んでいる部屋……。

まず、一番最初に反応したのは嗅覚だった。

実家では絶対に嗅ぐことのない、とてつもなく良い匂いが部屋に充満している。ふんわりと爽やかで、心が洗われるような優しい香りだ。どことなく、みかんっぽい。いや……レモンか？　あるいは、シトラス？　いずれにせよ、柑橘《かんきつ》系の香りであることは間違いない。

「女子の部屋に入って、いきなりクンクンと匂いを嗅ぐなんて流石ラリアット先輩ですね」

「す、すまんっ」

「謝る必要はないですよ。褒めているんですから」

そう言って君鳥ちゃんは目を細めて魔性の笑みを浮かべた。……怖い。

部屋に上がって早々に墓穴を掘った自分を戒めながら、恐る恐る部屋を見回した。

パステルグリーンのカーテン。壁にかけてあるブレザー。テレビに繋《つな》がれたゲーム機。シンプルなデザインの収納ボックス。大盛りカップ焼きそばの入った段ボールと電気ケトル。柑橘系の香りの発生源であるリードディフューザー。ガラスのローテーブル、その上に無造作に置かれている教科書やノート、タブレット端末。フローリングにはコードがこんがらがったヘッドホンが落ちている。

そして、ファンシーなぬいぐるみやクッションが山積みされたベッド。ウサギ、クマ、ひよこ、イルカ、サメ、ブタ、羊……様々なぬいぐるみが山盛りで、もはやベッドというよりもぬいぐるみのステージのようだ。

「散らかっていてすみません」

いや、散らかっているというか……むしろ、リアルな生活感が溢《あふ》れていて妙にドキドキしてしまうのだが。

ふと、部屋の片隅に真っ赤な物体を見つけてギョッとした。

消火器だ。

女子の部屋において異彩を放っている、消火器。やたら違和感があるが、アレもインテリアの一部なのだろうか。いわゆる、外し的な……？

「適当なところに座ってくださいね」

君鳥ちゃんに促されて、オレはガラステーブルの傍《そば》に腰を下ろした。そして、対面に座った君鳥ちゃんの姿を見て、オレは目を見開いた。

いつの間にか、パーカーを脱いでTシャツ姿になっている——

その上半身。

その胸部。

即《すなわ》ち、おっぱい。

外は暗かったからイマイチわからなかったが、こうして明るい場所で見ると思わず圧倒されてしまいそうなほどに……大きい。

Tシャツに描かれた猫のイラストが可哀想《かわいそう》なくらいパツパツに膨れ上がっている。

まさか、君鳥ちゃんがこれほどまでに凄《すさ》まじいπ《パイ》の者だったとは……！

「先輩」

見惚《みと》れてしまっていたおっぱいから視線を上にズラすと、眉間に皺《しわ》を寄せている君鳥ちゃんと目が合った。

「おっぱい見過ぎです」

バレてた。

「先輩、視線がねちっこいのでバレバレですよ。まぁ、男の子だからしょうがないと思いますけど……もう少し自然に見た方が身のためだと思います」

「本当にすまん！」

頭を下げて謝罪しながら、流石《さすが》にこれはもうアウトか、と自らの運命《さだめ》を噛《か》み締《し》めた。少なくとも、オレが君鳥ちゃんだったら部屋の匂いをクンクンしておっぱいをガン見してくる野郎なんて即刻追い出すだろう。最悪、通報されても文句は言えない。当然の帰結だ。

と、腹を括《くく》っているオレに対し、君鳥ちゃんはけろっとした顔で開口した。

「それじゃあ早速、先輩がぐっすり眠れる方法を色々と試してみますか」

虚を衝《つ》かれてオレは目をパチクリさせた。

「アホみたいな顔してどうしたんですか、先輩」

「いや……だって、オレのこと追い出さないのおかしいだろ。いきなり部屋の匂い嗅いで、おっぱいガン見するようなヤツだぞ……それなのに何を平然と話を進めてるんだよ」

「はー」

軽く溜息《ためいき》を吐《つ》いて君鳥ちゃんは肩をすくめた。

「さっき公園で先輩を信頼している、と言ったじゃないですか。今更そんなことで追い出したりしませんよ。むしろ、でしょうね、って感じです。だって、先輩はムッツリスケベの童貞クソ野郎だけど、いざとなると腰が引けて何もできない臆病チキンの包茎マゾヒストなんですから」

ボロクソに言われているけど事実その通りだから何一つ反論できないっ……！

「ぐぅ……じゃ、じゃあ、そのことは置いておくとして！　一つ、言わせてくれ。オレは君鳥ちゃんが思っている以上に酷《ひど》い不眠症なんだ」

「だから何ですか？」

「協力してくれるのはありがたいが、そう簡単に治るとは思えない。というか、普通に一睡もできないまま朝になる確率が高い」

「ええ、大丈夫ですよ」

「だ、大丈夫ってそんなこと――」

慌てるオレの顔を覗《のぞ》き込むように前のめりになって君鳥ちゃんは言葉を続ける。

「先輩は何も心配しないでください。心を穏やかにして、リラックスして、のんびりやりましょう。別に今日眠る必要はありません。今日が無理なら明日、明日が無理なら明後日《あさって》、ずっと私がついていますから」

そう口にした君鳥ちゃんの表情は嘘《うそ》をついているようには到底見えなかった。そして、おちょくっているわけでも、バカにしているわけでもない、心の底からの言葉に聞こえた。

……嬉《うれ》しかった。

たとえ、オレに見る目がなくて、いつの日か君鳥ちゃんに裏切られて痛い目を見たとしても。不眠症という不安と焦燥感に蝕《むしば》まれるオレを今、この瞬間、優しく受け入れて寄り添ってくれたことが何よりも嬉しかった。

「……ありがとう。でも、本当に良《い》いのか？　オレに付き合っていたら君鳥ちゃんまで眠れなくなってしまいそうだが」

「平気ですよ」

君鳥ちゃんはしたり顔で頷《うなず》いた。

「私、眠らなくていい人間なので」

眠らなくていい人間？　睡眠時間が短くて済むショートスリーパーは聞いたことがあるが、まったく眠らなくていい人間なんて存在するわけがないと思うが……。

「それはどういう意味なんだ？」

「ふふっ、秘密です」

そして、君鳥ちゃんは自らの唇に人差し指を当て、蠱惑《こわく》的に微笑《ほほえ》んだ。

「ミステリアスな美少女ってカッコいいですから」

……………やっぱり、変な子だ。

★　★　★

「まずはハーブティーを飲んでください」

そう言って君鳥ちゃんはガラスのローテーブルにハーブティーの入ったティーカップを置いた。

ハーブティーなんてオシャレなモノ、飲むのは初めてだ。ティーカップに入っている雰囲気は紅茶っぽいが、お茶の色自体は緑茶に似た黄色をしている。

「でも、お茶ってカフェイン入ってるから寝る前に飲むのはダメなんじゃないか？」

オレの問いかけに対し、君鳥ちゃんは「ちっちっちっ」と人差し指を振った。

「ハーブティーは寝る前でも安心安全ノンカフェインです。というより、むしろリラックス効果があって寝る前に飲むことに適している飲み物なんです。利尿作用や血行促進効果もあって、色々とデトックスされるので健康にも良いんですよ」

成程、ハーブティーを飲んで体の内側から睡眠モードになっていこう、という作戦か。

そういえば以前、寝る前にホットミルクを飲むと良いとネットで見て試したことがあったからだ。


のを思い出した。まぁ、ホットミルクは効果を感じなかったが……。

　いや、何ごとも疑ってかかるのは良くないことだな。まずは信じて、試して、話はそれからだ。

　ごくり、とハーブティーを一口。

　おお……口の中にぶわぁ～と薄荷《はっか》の味が広がっていく……。凄まじいミントの主張だ。まるで、ミントの一人舞台、ミントオンステージだ。

　飲めば飲むほど、爽やかなミントの香りが鼻腔《びこう》をスーッと突き抜けていく。美味《おい》しいのかどうかは正直、貧乏舌のオレには理解できないが……。ミントの爽快感は妙に癖になる。

　プラシーボ効果かもしれないが、何となく心がホッとしてリラックスしてきた気がする。

「ふふっ」

　ごくごくとハーブティーを飲み干すオレを見つめながら、君鳥ちゃんは薄く微笑んだ。

「先輩って表情がコロコロと変わって、リアクションがわかりやすくて、子供みたいで可《か》愛《わい》いですね」

　……褒められていると思っていいのだろうか。単純バカと言われている気がしないでもないが。

「さて、そろそろベッドインしましょうか」

「意味深な言い方をするんじゃない！」

「お待ちかねの本番ですよ」

「意味深な言い方をするんじゃない！」

「むぅ、ツッコミが完全に同じじゃないですかー」

「ボケが同じパターンだからしょうがないだろ……って、何の話だ」

呆《あき》れるオレをスルーして、君鳥ちゃんはティーカップを片付けた。そして、ベッドの上に山積みにされているぬいぐるみやクッションの群れを無理やり押しのけ、スペースを造り上げた。

「さあ、どうぞ」

いや、どうぞと言われても……。

「ほら、先輩。さっさとベッドに寝てください」

「では、お邪魔します……とはならんだろ！　いきなり人のベッドに！　しかも女子のベッドに寝るなんて無理だ！」

「はー。すぐ女子が何だと騒ぎたてて、これだから童貞はダメダメですね」

「童貞は今関係ないだろっ！」

関係ないよな……？

「どうせ、君鳥ちゃんがいつも眠っているベッドだハァハァ、色んなモノが染《し》みついているかもしれない、どんな匂いがするんだろう、ああ、色々とこすりつけたい……って考えているんでしょう」

「そこまでは考えていない！」

「そこまでは？　というと、どこまでは考えていたんですか？」

いかん、またしても墓穴を掘ってしまった。

「うぐぐ……………」

君鳥ちゃんのいたいけなジト目が心のやわっこい部分にザクザク刺さる。

「…………では、お邪魔しますッ！」

これ以上詮索されると更なる墓穴を掘ってしまいそうだったので、オレはヤケクソ気味にベッドに跳び込んだ。

……。

シーツがひんやりとしていて気持ちが良い。君鳥ちゃんは綺麗《きれい》好きなのか、ベッドは新品のようにふかふかで、手入れが行き届いていた。

チラッと君鳥ちゃんの顔を見上げると、絵に描いたようなドヤ顔をしていた。おそらく、追い込まれたオレがベッドインすることも見越していたのだろう……。またしても、してやられたのか、とショックを受けつつ、オレは仰向けに寝転んだ。

「女子高生の使用済みベッドの感想はいかがですか？」

「……」

何を言っても悪いように捉えられかねないのでノーコメントを貫いた。

「成程。何も言えないくらい興奮しているんですね」

何も言わなくても悪いように捉えられるのか……。

「ふふっ。不貞腐《ふてくさ》れている顔もユニークで最高です」

目をキュッと細め、唇をニヤリと歪《ゆが》め、君鳥ちゃんは心底嬉しそうに笑った。無表情キャラみたいな顔なのに意外と表情豊かだな、この子……。

「それでは安眠のための第二フェーズを開始します。先輩、リラックスしてくださいね」

散々いじり倒されたのに今更リラックスできるか。

「お隣失礼します」

「は？　……ちょ、ちょっと待て――」

抵抗も虚《むな》しく、君鳥ちゃんはオレの右隣りにふわりと横たわった。

待て、待て、待て。

ベッドに仰向けになっているオレ。

そして、その右隣りに横たわってオレをマジマジと観察する君鳥ちゃん。

これは……俗に言う、添い寝ではないかッ！

「先輩。リラックスしてくださいね」

「できるか！」

ツッコミと共に飛び起きようとしたが、君鳥ちゃんに首根っこを引《ひ》っ摑《つか》まれて抑止されてしまった。「ぐえッ」とカエルのような鳴き声を出して、オレは再びベッドに仰向けに寝転がることになった。

「先輩。リラックスしてくださいね……！」

三度、その言葉を君鳥ちゃんは口にした。凄《すさ》まじいプレッシャーを感じる。少なくとも、リラックスとは程遠い圧力だ。

「は、はい……」

仕方なく、オレは大人しくすることにした。

ただでさえ、君鳥ちゃんの部屋で、君鳥ちゃんのベッドの上だというのに……それに加えて、君鳥ちゃんと添い寝だなんて。思春期の青少年には刺激が強過ぎる。ぐっすり眠れるどころかギンギンに目が覚めてしまいそうだ。

……それはそれとして、すぐ近くに誰かがいることに妙な安心感があるのも事実だった。

一人で必死に眠ろうとする時よりも心が緩やかで、嫌な圧迫感がない。眠れないことへの不安とか焦燥感が柔らかく溶けていく気がする。

ドキドキは止まらないが、精神的にはだいぶリラックスできる。君鳥ちゃんはこのことを見越して添い寝を実行してくれたのだろう。……成程、不眠症を治す方法に詳しいというのもあながち嘘《うそ》ではないようだ。

「ド定番ですが、羊を数えてみましょうか。まぁ、アレは『Ｓｌｅｅｐ』と『Ｓｈｅｅｐ』の発音が似ているということで英語圏から始まった文化なので日本語では無意味ですが」

身も蓋もないな……。

「それでも、無意味な反復行動をすることで脳を睡眠状態に持っていくという意味ではアリかもしれませんね。脳に、コイツ無意味なことしてるな、と思わせれば勝ちです」

確かに、一理あるかもしれん。

と、思った矢先。

突然、オレの耳元に君鳥ちゃんはグイッと顔を寄せた。

「え？」

戸惑う間もなく、君鳥ちゃんは開口した。

「ひつじが、いっぴき」

耳元五センチにも満たない、超至近距離で君鳥ちゃんの甘く、くぐもった吐息混じりの声が放たれた。

「――ッョ！」

脊髄反射で声にならない叫びを漏らし、オレの体はビクビクと波打った。

「ひつじが……にひき」

君鳥ちゃんが羊を数える度、オレの鼓膜に甘い声が突き刺さる。

ASMRや音声作品で何度も聴いてきた耳元囁《ささや》き、それが今、現実となってオレの身を震わせている。ただでさえ、耳が弱いのに、そこに君鳥ちゃんの可愛くて清らかな声が！　そして、それ以上に…………吐息がすごい！

君鳥ちゃんが囁くと同時に温かい吐息がオレの耳を優しくくすぐるのだ。

人の吐息ってこんなにも温かくて、そして、気持ちが良《い》いものなのか！　とオレは生まれて初めての衝撃に感動を隠せなかった。

どれほど高性能で高級なバイノーラルマイクを使った音声作品でも決して再現できない、生の吐息の温《ぬく》もりっ……！　初めてバイノーラル音声を聴いた時を優に超える、圧倒的リアリティッ……！

それ即《すなわ》ち、生命の営み！

「ひつじが……ん、じゅうごひき……っ」

君鳥ちゃんの甘い声と温かい吐息を耳にドパドパと注がれながら、オレはただ無力に身《み》悶《もだ》えし続けた。ツッコミも、リアクションも、抵抗も何もできない。まるで、頭の中を直接くちゅくちゅくちゅされているみたいに気持ち良くて、切なくて、もどかしい感覚にひたすら溺れていく。

もはや、理性という命綱はほとんど意味をなしていない。

あと一押しでオレの人間性はプツンと途切れて終わりを迎えてしまうだろう。

「せんぱい……耳、真っ赤ですよ。敏感、なんですね……」

サディスティックに高揚した口調で君鳥ちゃんは言った。

「鳥肌もすごい……。こうやって囁かれるとゾクゾクしちゃいますか？　ねぇ、せんぱい……？」

「あ……ぅう……っ」

「あーあ、まともに喋《しゃべ》れないくらい興奮しているんですか？　情けないですね……でも、ちょっぴり可愛いです。ふふっ」

「んきゅ……ぃ……ッ」

君鳥ちゃんが笑った瞬間、温かい吐息がぶわっと耳に充満し、オレは更に情けない声を響かせた。

「あれ？　あれあれ？　なんか、変な声出しましたね……。私は不眠症を治すために羊を数えているだけなのに……ねぇ、せんぱい？　もしかして、いやらしいこと考えているんですか？」

責め立てるように早口で言った後、少しの間、君鳥ちゃんは口を閉ざした。オレの乱れた呼吸と合わせるように、獲物を最良のタイミングで射止めるように。

そして、静かに、ひっそりと、君鳥ちゃんは囁いた。

吐息をたっぷりと滲《にじ》ませた甘美な声色で。

「せんぱいの、えっち……っ」

耳元で！

その言葉は！

破壊力が強過ぎるッ……！

「―――――ッ！」

脳が爆裂した錯覚と共にオレはビクビクビクンと小刻みに震え上がった。

★　★　★

無様に乱れた呼吸を少しずつ、ゆったりと整えていく。

「すー、はー。すー、はー」

鳥肌も収まり、心臓も正常なリズムを刻み始め、興奮状態だった脳も平静を取り戻しつつあった。

「先輩、落ち着きましたか？」

オレの右隣りで——流石《さすが》に、耳元から距離を取って——君鳥ちゃんは言葉を口にした。

「あ、ああ……だいぶ、落ち着いてきた」

「それは何よりです。心配していたんですよ、先輩。悪霊《あくりょう》でも憑《と》りついたのかと思うほどブルブル震えて跳びはねていましたから」

「……すまん」

添い寝されて耳元で囁かれて、ビクビクビクン。我ながら無様にもほどがある。が、これればかりはしょうがない……と何とか自分を慰めた。女子に慣れていない青少年があんなことをされたら誰だって取り乱すに決まっている。むしろ、暴走して本能の赴くまま犯罪行為をしていないだけオレはマシなはずだ。………どのみち情けないのは変わらないけれども。

「あそこまで耳が弱いなんて、びっくりです。もはや、耳が性感帯を通り越して、耳が性器そのものじゃないですか。ねぇ、先輩。頭の両横に性器をぶら下げて生きているの恥ずかしくないんですか？」

とてつもなく酷《ひど》いことを言われているのに的を射ている気がして何も言い返せないっ……！

都合の悪い話題から気を逸《そ》らすため、オレはスマホを取り出して時間を確認した。

「うわ……もう、六時前だ」

スマホ画面に映し出された時間に愕然《がくぜん》とし、一気に血の気が引くのを感じた。一旦、家に帰って制服に着替える手間も含めると、一時間も眠ることができない。折角君鳥ちゃんに手伝ってもらったのに結局このザマか……。

「先輩、そんなに時間を気にしないでください」

そう言って君鳥ちゃんは無理やりオレの手からスマホを抜き取った。

「いや、しかしだな……」

「しかしもカカシもバッカルコーンですよ」

「……」

「……」

「え？」

しかしも、カカシも、バッカルコーン？

どういう意味だ？　しかしとカカシがかかっているのはわかるが、バッカルコーンは何一つかかっていないぞ。バッカルコーンって確かクリオネの体の一部だよな？　クリオネが何かにかかっている？　……ってわけでもないな、コレ。どうしよう、まったく意味がわからん。オレのセンスが悪いのか？　それとも君鳥ちゃんがボケをミスったのか？　とりあえず何かしらツッコミを入れた方がいいのか……？

「先輩」

脳内にクエスチョンマークを濫立させるオレをジッと見据えて、君鳥ちゃんは唇をふにゃっと緩めた。

「今のボケと不眠症の悩みはおんなじです。何の意味もないんだからウダウダ考えるだけ無駄ってことです」

「は、はぁ……」

納得できるような、できないような微妙な感覚だが、妙な脱力感で少し気が楽になったのは確かだった。

「なぁ、君鳥ちゃん」

乳白色の天井をぼんやりと見上げ、オレは開口した。

「どうしてここまでオレに協力してくれるんだ？」

「先輩がぐっすり眠れるように、ですよ」

「いや、だから、なんで眠れるように協力してくれるのかを訊《き》いているんだ。仮に、君鳥ちゃんが本当に眠らなくていい人間だとしても、オレのためにわざわざ時間を割く理由はないだろ」

オレの言葉に対して君鳥ちゃんは数瞬の間、黙り込んだ。

窓の外から、チュンチュンと鳥の鳴き声が聴こえてくる。

「……」

家族や親友や恋人ならまだしも、今日初めて会った相手にこんなことをするなんて普通では考えられない。だが、しかし、普通ではない理由があるとしたらどうだ？

例えば、君鳥ちゃんの正体が男を誘惑して血を奪っている吸血鬼であるとか。あるいは、困っている人を救うことで欲求を満たすメサイアコンプレックスであるとか。はたまた、前々からオレのことが好きだった恋する乙女であるとか。

……と、そこまで考えて自分の妄想の酷さに辟易《へきえき》した。特に、君鳥ちゃんがオレのことを好きだなんて、童貞特有の勘違いにもほどがある。なんて痛ましいんだ、オレは。

「先輩は考え過ぎです」

沈黙を破り、君鳥ちゃんは淡々と言葉を連ねた。

「公園でも言いましたけど、先輩をおちょくり倒すのが楽しい、というのが一番の理由ですから。先輩はぐっすり眠れる、私はおちょくって楽しめる……つまり、Ｗｉｎ－Ｗｉｎというわけです」

「だとしても、それだけの理由で――」

「価値観なんてものは人それぞれです。先輩にとってはそれだけの理由だとしても、私にとってはこれほどの理由なんです。どぅーゆーあんだすたん？」

ものの見事に論破され、オレはもごもごと口ごもった。

「要するに、しかもカカシもバッカルコーンです」

またそれか。

「意味とか理由とか、ゴチャゴチャ考えるだけ無駄です。むしろ、考えれば考えるほどドツボにハマって余計に眠れなくなりますよ」

確かに、身に覚えがあり過ぎることだな……。

「私のことは気にせず、のんびり、ゆったり、リラックスしてください」

それは、優しく言い聞かせるような声色だった。

「眠れなくてもいいんですよ、先輩。眠れない自分は普通じゃない、自分はおかしい、だから早く治さなきゃ……そうやって焦《あせ》っても意味はありません。無理に治す必要もありません」

右隣りに君鳥ちゃんがいて、穏やかな口調で喋りかけてくれる。その安心感が、その言葉が、不眠症に悩み続けていたオレの心にすっと溶けて滲《にじ》んでいく。

「ねぇ、先輩。私がいますから。ゆっくり、ゆっくりでいいんです。だから……ね？　先輩は大丈夫です。普通じゃなくても大丈夫です。私がずっと、一緒にいますから」

君鳥ちゃんは不思議な子だ。

オブラートに包まない言い方をするなら、変な子だ。

夜中の公園で会ったばかりのオレを家に連れ込み、添い寝して、耳元で囁《ささや》いてきて、オレの不眠症を治すためにずっと一緒にいてくれると言う。かなり、変な子だ。わけがわからん。しかし……も、カカシもバッカルコーンだ。きっと、考えるだけ無駄だ。君鳥ちゃんを怪しんでも、疑っても、どうせ答えは出ない。

だから、オレは君鳥ちゃんを信じることにした。

君鳥ちゃんになら騙《だま》されても構わない。……そんな破滅的な覚悟と共に。

眠れなくて、辛《つら》くて、色々と試して、最終的にボーカロイドが歌い上げる般若心経《はんにゃしんぎょう》を子守歌にしてしまうくらいにオレは追い詰められていた。誰かに頼ることすらできず、一人でもがき続けてきた。

そんなオレに寄り添ってくれた。

こんなオレを受け入れてくれた。

君鳥ちゃんを信じる理由はそれだけで充分だ。

「……ありがとう、君鳥ちゃん」

感謝の言葉を口にして、オレは静かに目を閉じた。君鳥ちゃんに眠らなくてもいい、と言われたばかりなのに、不思議と心地良い眠気が全身を包み込んでいた。このままリラックスして眠気に身を委ねればぐっすり眠れそうだ——と、ウトウトし始めた瞬間。

君鳥ちゃんの手がオレの腹部を優しくまさぐった。

「うきゅあ！」

突然の感触にイルカの鳴き声のような叫びが思わず漏れてしまった。

しかし、君鳥ちゃんは一切構うことなく、躊躇《ちゅうちょ》することなく、幼い子供をあやすような柔らかい手つきでオレの腹部を撫《な》で続けた。

へその周りをくりくりと。

腹筋をぞりぞりと。

更に、少しずつ、細い指先は下腹部の際までにじり寄っていった。

「――――ッぅ！」

抵抗の叫びは言葉にならないものだった。

下腹部のギリギリのラインを君鳥ちゃんの指先が繊細に撫で回す。

待ってくれ君鳥ちゃん！　そこまでにしてくれ！　というか、そこまでにした方がいい！　その先は、あと僅か先は……オレの下半身がある！　何を考えているんだ、君鳥ちゃん！　このままではキミの指先はオレの下半身に辿《たど》り着《つ》いてしまう！　流石にそれは一線を超え過ぎてしまうぞっ……！

もしかして、えっちな気分になってしまったのか？　男女が一つ屋根の下、同じベッドの上で過ごしていたのだ、無理はあるまい。正直、オレもやぶさかではない……が、しかし！　それはダメだろう！　オレ達の関係性はそういう目的じゃなかったはずだ！

「君鳥ちゃ――――」

横目で君鳥ちゃんをチラッと見ると…………その表情はどこか切なげで、何か物思いに耽《ふけ》るような憂いを帯びていた。えっちな気分なんてとんでもない。どう見ても、シリアスな雰囲気を醸《かも》し出《だ》していた。

その時、ふと気づいた。

君鳥ちゃんが言った、普通じゃなくても大丈夫、という言葉。それはオレに対してだけではなく、もしかしたら、自分にも言い聞かせていたのかもしれない。

「先輩。勝手な憶測をしないでくださいね」

オレの心を見透かすように言って、君鳥ちゃんは更に指先を突き進ませた。

「ぬゅッ！」

真意を煙《けむ》に巻《ま》くためなのか、それとも、照れ隠しなのか、君鳥ちゃんはオレのへそに指先を突っ込んでぐにぐにと掻《か》き回した。

「何も考えなくていいです。先輩は、大丈夫ですから」

オレのへそは大丈夫ではないんだがががががっがががががっががが ッ……！

★　★　★

窓から燦々《さんさん》と朝日が差し込み、ベッドの上にどっさり積まれている無数のぬいぐるみ達を明るく照らしていた。

時刻は七時。すっかり朝だ。

「……ふあぁ～」

欠伸《あくび》とも溜息《ためいき》とも付かない謎の息を吐き出し、オレはガラスのローテーブルの前に腰を下ろした。そして、君鳥ちゃんがくれた玄米ビスケットをもそもそと食べ始めた。

結局、一睡もできなかった。というか、後半は君鳥ちゃんに散々にへそをいじくり回されて色々と大変だった。……まぁ、痛いか気持ち良かったかで言うならば断然気持ち良かったけれども。

複雑な気分だ。

いつも通り眠れなかったけど、いつもとは違って何となく清々《すがすが》しい。

「お待たせしました」

オレが玄米ビスケットを食べ終わったのと同時に、バスルームで着替えていた君鳥ちゃんが戻ってきた。

「おぉう」

濃紺のブレザーにチェックのプリーツスカート、という君鳥ちゃんの制服姿に思わず感嘆の声が漏れ出てしまった。ラフな部屋着とはまるで正反対なカッチリした制服姿のギャップ。そして、制服を着ていてもハッキリとわかる巨乳の迫力に圧倒される。

「先輩、さっきはおへそをいじいじしてしまってすみませんでした。先輩をおちょくり倒すのが楽し過ぎて、つい夢中になってしまって……」

珍しく、しゅんとした態度で君鳥ちゃんは頭を下げた。

「いや、気にしないでくれ。どうせ一人でいても眠れなかったからな。むしろ、君鳥ちゃんのおかげで色々と気が楽になったよ」

「成程。マゾヒストの先輩にとってはおちょくり倒されるのはむしろご褒美《ほうび》であるということですね」

「悪意と偏見で意訳するんじゃない」

「でも、ちゃんと否定しないということはあながち間違いでもないのでは？」

ぐぬぬ。

「ふふっ、先輩のぐぬぬ顔マヌケで可愛《かわい》いですね」

微笑を浮かべながら君鳥ちゃんはカーテンを閉め、スマホと財布をブレザーのポケットに入れて、リュックサックを手に取った。

「さて、そろそろ家を出ましょうか」

「オレは一旦、家に帰って制服に着替えなきゃいけないから君鳥ちゃんは先に行っててくれ」

「せっかくですから途中まで一緒に行きますよ」

そう言って君鳥ちゃんは目を細めて微笑《ほほえ》んだ。

「そういえば、先輩ってLINEやってます？」

「やってるけども」

「へー、友達いなそうなのに意外ですね」

「失敬な！」

まぁ、LINEで繋《つな》がっているのは中学の時から仲が良《い》い親友一人と、家族だけなので友達が少ないのは事実なのだが……。

そうして、君鳥ちゃんとLINEを交換しながらマンションを出た瞬間、オレ達の目の前を歩く一人の女子高生と目が合った。

「あ」

オレは、その女子のことを知っていた。

冷ややかな印象の金髪ショートカット。気の強そうなツリ目。可愛い系だけど美人系も混ざっている猫顔の美少女。そして、濃紺のブレザーにチェックのプリーツスカート、つまり、オレ達と同じ蔦見《つたみ》高校の生徒。

瑞城美玖《みずしろみく》。

クラスメイトだ。

「あ……半崎くん」

オレの名前を小さく呟《つぶや》き、瑞城さんは鋭い視線でオレと君鳥ちゃんを交互に一瞥した。

「み、瑞城さん……えっと、これは、その」

首筋がぶるっと震えて、背中にじんわりと汗が滲《にじ》んだ。心臓が不自然なリズムを刻み、声が情けなく掠《かす》れてしまう。それでも、オレは誤解を解くため言葉を無理やり繋げていった。

「こ、この子とは彼女とか、そういう関係じゃないから！　もちろん……あの、変な事とか、いやらしいこととかは一切してないしっ」

君鳥ちゃんをチラチラと見ながらオレは懸命に言い訳を並べ連ねる。

「たまたま一緒にいただけっていうか！　確かにオレは君鳥ちゃんの家に泊まったけど、別に何もしてないし！　何も起こってないし！　ね、ねぇ、君鳥ちゃん！　オレ達はとても清い関係だよね！」

「先輩、なんか変ですよ？」

君鳥ちゃんの怪訝《けげん》な視線が心苦しい。

「何言ってんのかわかんないんだけど。というか、アンタらの関係なんか興味ないし」

吐き捨てるように、瑞城さんは言った。

「でも、半崎くんが女子の家に泊まるなんて意外ね」

「だ、だから違うから！　ただ君鳥ちゃんは不眠症のオレをぐっすり眠らせるために協力してくれただけなんだ！　そう！　恋愛関係ではないし、ふしだらな関係でも勿論《もちろん》ない！」

パニックになっているせいで言わなくてもいいことまでベラベラと喋《しゃべ》ってしまった。

「なにそれ」

オレの顔をじとりと睨《にら》みつけて瑞城さんは軽く鼻を鳴らした。

「不眠症を治すために一晩一緒に過ごしたの？　それっておかしくない？　恋愛感情もなく、エロいことをするわけでもない。むしろ、その方が変でしょ」

「それは――」

君鳥ちゃんが反論しようとするが、瑞城さんの言葉によって遮られてしまった。

「あたしには全く関係ないことだからどうでもいいけど」

それだけ言い残し、瑞城さんは足早に去って行った。

「何ですか、あの人。というか、何を慌てふためいているんですか先輩」

「すまん……」

それ以上、オレは何も言えなかった。

ただ、半年前に瑞城さんに言われた言葉が延々と、呪詛《じゅそ》の如《ごと》く脳髄に響き渡っていた。

第二話「つまり、性欲」

浅いまどろみから目を覚ますと、教室は賑《にぎ》やかな昼休み真《ま》っ只中《ただなか》だった。どうやら午前中の授業はほとんど眠ってしまっていたようで、まったく記憶がない。何度か先生に注意されたことだけは断片的に覚えている。

ぐぐーっと勢いよく伸びをして固まった体をほぐしていく。

眠れない夜とは打って変わって日中は滅茶苦茶《めちゃくちゃ》眠い。どれだけ眠っても眠り足りない。その上、固い机に突っ伏している状態ではぐっすり眠れないし、疲れもほとんど取れることはないという悪辣の極み。

今日こそは早く寝よう。家に帰って夕飯食べて風呂《ふろ》入ったらすぐ寝よう。……と思っていても、どうせ夜になれば目がギンギンに冴《さ》えてしまうのはわかりきっている。

絵に描いたような負の連鎖だ。

「よっ、半崎。相変わらず眠そうだなー」

ピンクの派手髪のクラスメイトがオレの前の席に腰を下ろし、ヘラヘラと笑った。

交友関係の乏しいオレの数少ない……というか、ただ一人の親友、外村了《そとむらりょう》。オレとは正反対に交友関係がとてつもなく広く、LINE友達は軽く千人を超えている蔦見《つたみ》高校イチの情報通だ。

曰《いわ》く、年齢や性別やグループに囚《とら》われず誰とでも仲良くしていると色んな情報が手に入るらしい。情報はカーストを殺せる、それが中学の時からの——とある経緯で親友になった時からの外村の座右の銘だ。

「ほらほら、いつまでもボケーっとしてないでメシ食おうぜ」

そう言って外村は購買で買ってきたカレーパンをオレに手渡した。

「……」

カレーパンをジッと見つめる。ザクザクの衣とスパイシーなカレーが絶妙にマッチした最高に美味《うま》い名物カレーパンだ。が、不眠症で生活リズムが滅茶苦茶になっているせいで昼間はまったく食欲が湧いてこない。

「悪い。今、そんなに腹減ってないんだ」

外村にカレーパンを返し、オレは再び伸びをした。今は食欲よりも睡眠欲だ。睡魔に襲われてと、その時、オレのスマホがポコン！　と小気味の良い音を鳴らした。

いた脳が突然覚醒し、一目散にスマホを確認すると、君鳥ちゃんからのＬＩＮＥが届いていた。

『今夜も先輩がぐっすり眠れるようお手伝いします』

君鳥ちゃんのメッセージを読み、オレは少しの間、逡巡《しゅんじゅん》した。何故《なぜ》、君鳥ちゃんはオレに協力してくれるのか。瑞城さんに言われた言葉がグルグルと脳内を駆け巡る。恋愛感情もなく、エロいことをするわけでもない。むしろ、その方が変だ、と。

しかし、オレは君鳥ちゃんを信じると決めたのだ。今更グダグダ考えるのも無駄だ。それこそ、しかしもカカシもバッカルコーンだ。と、開き直ることにした。

『昨日と同じ場所に行けばいい？』とメッセージを返す。すると、すぐに『イエス！』と丸々と太ったフクロウのスタンプが返ってきた。可愛いのか不細工なのか、何とも言えない絶妙なデザインのフクロウだ。

「半崎、もしかして彼女できた？」

「な、なにをいきなりっ！」

外村はカレーパンを食べ終えて、いやらしく笑った。どうやら、君鳥ちゃんからのＬＩＮＥを見てニヤニヤしていたせいで変に感づかれてしまったようだ。

「か、彼女ではない！」

「じゃあ、片想《かたおも》いか？」

「そういうのでもない……っ」

「はぁ？　だったら何なんだよ」

呆《あき》れる外村を一瞥《いちべつ》し、オレは首を傾《かし》げた。

「何なんだろう……」

友達、というのも何か違う気がする。かといって、ただの先輩後輩の関係性でもない。不眠症を治される側と治してくれる側の協力関係……あるいは、夜《よ》ふかしの共犯関係？

と、そんなことを言ったら余計に外村に詮索されるだけだ。

「何なんだろうな」

適当に言葉を濁し、オレは三度目の伸びをした。

★　★　★

「ふぅ……ご馳走様《ちそうさま》です」

大盛りカップ焼きそばを食べ終え、満足気なニヨニヨした笑顔で君鳥ちゃんは手を合わせた。オレがまだ普通サイズのカップ焼きそばを食べている最中だというのに、君鳥ちゃんの食べるスピードの凄《すさ》まじさを実感する。相変わらず見ていて爽快感のある食べっぷりだ。

濃厚なソースの香りが漂う深夜二時。オレ達は昨日と同じ公園で待ち合わせをして、夜食のカップ焼きそばを堪能《たんのう》していた。

今夜の空は雲一つなく、吸い込まれそうなほど真っ黒な空に無数の星々が輝いていた。夜ふかしには持ってこいの良い天気だ。……まぁ、悪い天気でもどのみち眠れないから夜ふかしするんだけれども。

「ごちそうさん」

食べ終えたカップ焼きそばのゴミをコンビニ袋にまとめてオレはゆっくりと立ち上がった。日中はあんなに眠たくてイライラしていたのに今はまったく眠たくない。むしろ気分爽快、元気満々だ。

ちなみに、今日は君鳥ちゃんの家からそのまま登校するために制服と学生カバンを持参している。親には外村の家で勉強合宿すると嘘《うそ》をついてきた。

「今日は少し、深夜徘徊《はいかい》しませんか？」

「深夜徘徊？」

辺り一帯が静かで音が響くため、会話は常に自然と声を潜めている。

「はい。真夜中のお散歩です。こういうことができるのも夜ふかしの特権でしょう?」

「確かに、そうだな。適度な運動をすると眠りやすくなると言うし」

「では、小一時間ほどブラブラしましょう」

そうして、君鳥ちゃんとオレの深夜徘徊という小さな冒険が始まった。

心地良い夜風に吹かれながら、あてもなく、意味もなく、オレ達はトボトボと歩き続けた。時折、パトロール中の警察官に見つからないように物陰に隠れたりして、妙に青春っぽいドキドキを味わった。

しばらく歩くと、比辻野《ひつじの》商店街に辿《たど》り着《つ》いた。小さな田舎町の片隅にあるアーケード商店街。駅近くの大型ショッピングモールに負けじと地域密着型の商売をコツコツ貫き続けている。ショッピングモールが万人受けであるのに対し、比辻野商店街は完全に振り切った専門店達によって構成されている。マニア向けに特化することで現代の不況に抗《あらが》えているのだろう。

深夜二時を過ぎて、当然だが全てのお店はシャッターが下りている。心もとない街灯がほんのりと照らす仄暗《ほのぐら》い商店街はまるでゴーストタウンのようだった。暗闇に浮かび上がる主張の強い看板が不気味さを醸《かも》し出《だ》し、ゲームのダンジョンみたいな物々しさに少年心がワクワクと弾んでしまう。

「夜中の商店街って歩くの楽しいですよね」

「ああ、昼間にはない高揚感があるな」

アロマキャンドル専門店、枕専門店、マシュマロ専門店、耳かき専門店、薔薇《ばら》専門店、レトロゲーム専門店、ホラー小説専門店、パーカー専門店、木のおもちゃ専門店……と無数の特化型専門店がズラリと建ち並ぶ。

「あ、昨日のハーブティー。ここのお店で買ったんですよ」

そう言って君鳥ちゃんはハーブティー専門店を指差した。

「へぇ。君鳥ちゃん、よく商店街に来るの？」

「そーですね。変わった専門店見るのは楽しいですし……特に、そこのズールーラビってお店はお気に入りなのでよく行っていますね」

ハーブティー専門店の隣のズールーラビというお店を指差し、君鳥ちゃんはニコッと微《ほほ》笑《え》んだ。ぬいぐるみ専門店・ズールーラビ。看板にファンシーな水色のウサギが描かれており、店の外観もパステルカラーで非常に可愛《かわい》らしい。

そういえば、君鳥ちゃんのベッドの上にぬいぐるみが大量にあったことを思い出した。

……無理やり押しのけられていたけど。君鳥ちゃん、クールに見えて案外可愛い物好きなんだなぁ、と考えると無性にほっこりする。

「お。懐《なつ》かしいな、これ」

ふと、シャッターに貼ってあるポスターに気がついた。満天の星をバックに轟々《ごうごう》と燃え盛るキャンプファイヤーのイラストが描かれている。弾平山《だんぴらやま》キャンプ場のポスターだ。

「小学生の頃、家族で行ったなぁ」

比辻野市から車で二時間近くかかるので、朝早くに出かけてコンビニで朝ごはんを買う非日常感にワクワクしたり、車中でしりとりをして時間を潰したりするのが楽しかった思い出がある。

「大自然の中でバーベキューをするのも、焚《た》き火《び》を見てぼーっとするのも、テントの中で寝るのも、何もかもが最高だった。ああ、懐かしい……」

生温かいノスタルジックな感情と共に、父親が焚き火で焼いてくれたマシュマロの甘さが口の中に蘇《よみがえ》った。

「君鳥ちゃんもキャンプしたことある？」

「……」

思い出話に花を咲かせようとウキウキで話しかけたオレの心をへし折るように、君鳥ちゃんはそっぽを向いて唇を尖《とが》らせた。

「君鳥ちゃん……？」

どう見ても機嫌が悪そうだった。もしかして、知らないうちに地雷を踏み抜いてしまったのだろうか、とオレは情けなくあたふたした。

「あ、えーと、その……変なこと言っちゃったかな。あは、はは。……ごめん」

下手に詮索すると余計なことを言ってしまいそうだったので、オレは適当に笑ってお茶を濁すことにした。こういう時、外村なら上手《うま》く立ち回るんだろうな、と自分のコミュ力のなさを痛感する。

慌てふためくオレの無様さを気の毒に思ったのか、君鳥ちゃんは眉を八の字に曲げた。

「先輩が謝ることなんてないですよ」

そう言った君鳥ちゃんの表情は切なく、今にも消えてしまいそうだった。

★　★　★

商店街の片隅にある休憩所のベンチに座り、君鳥ちゃんは穏やかな表情で缶ジュースをコクコクと飲んでいる。どうやら機嫌は元に戻ったようで一安心だ。

「先輩」

隣に座ったオレを一瞥し、君鳥ちゃんは淡々と言葉を発した。

「今朝の、瑞城《みずしろ》さんって人とはどういう関係なんですか？」

「うぐぬッ」

このタイミングで訊《き》いてくるか、と思わず奇声が出てしまった。

「やたらと私との関係を瑞城さんに言い訳してましたけど……もしかして、先輩の恋人ですか？　それとも、元恋人ですか？」

君鳥ちゃんのジトっとしたタレ目に見つめられ、オレは全身がぷるぷると震え上がった。喉の奥がキュッと締まり、ごくりと鳴った。まるで蛇に睨《にら》まれた蛙《かえる》のような気分だ。

「先輩？」

何も言えないオレの顔を覗《のぞ》き込み、君鳥ちゃんは小首を傾げた。

「…………」

ほとぼりが冷めるまで、このまま無言を貫いてしまおうか、と一瞬思った。けど、君鳥ちゃんの圧からは逃げられないと悟り、半ば自暴自棄の境地に陥ってオレは観念することを決意した。

親友の外村にさえ話していないオレの過《あやま》ち。

墓場まで持っていきたかったが……しょうがない。

「瑞城さんは、彼女でも、元カノでもない。ただの同級生だ」

今にも消えてなくなってしまいそうな掠《かす》れた声でオレは言葉を口にした。

「でも、それにしては先輩の態度はおかしかったですけど」

「ああ……」

小さく頷《うなず》き、オレは続けた。

まるで懺悔《ざんげ》するかの如《ごと》く。

「……瑞城さんは、オレが不眠症になった原因なんだ」

静かな商店街にオレの言葉が虚《むな》しく響いた。

「いや、原因って言い方は良くないか。……悪いのは瑞城さんじゃなくて、オレなんだし」

「成程。中々、根深い問題のようですね」

ジッと、揺るぎない瞳で君鳥ちゃんはオレを見つめる。その視線からは逃げられない。

いや、逃げたくない。むしろ、君鳥ちゃんに全てを話して受け入れてほしいとすら思ってしまった。

「自分語りをしてもいいか？」

「是非」

飲み干したジュースの空き缶をゴミ箱に器用に投げ捨てて、君鳥ちゃんは穏やかに頷いた。

「私で良ければいくらでもお聞きします」

「……ありがとう」

君鳥ちゃんの優しさ、そして醸し出す穏やかな空気感が情けないオレの心をふんわりと癒《いや》してくれた。

「瑞城さんとは同じ中学だった。二年前、中三の時も同じクラスだった。オレは友達がほとんどいない陰キャ、瑞城さんはクールな一匹狼《いっぴきおおかみ》で、当然の如く中学の時は一度も喋《しゃべ》ったことがなかった」

金髪ショートカットの猫顔美少女を脳内に思い浮かべながら、オレは当時の記憶を言葉に変えて並べ連ねていく。

「瑞城さんは可愛くて、美人で、人気があった。けど、常に冷たい感じがして、どこかミステリアスな雰囲気があって、誰も近寄れない高嶺《たかね》の花だった。休み時間も読書したり、音楽を聴いていたり、スマホを触っていたり、いつも一人で過ごしていた。昼飯も誰かと食べているのを見たことがない。……でも、陰キャとかぼっちってわけでもなくて、あえて一人でいる孤高の美しさがあった」

君鳥ちゃんの静かで穏やかなクールさとはタイプの異なる、瑞城さんのクールさはいわば、何者も寄せ付けない刺々《とげとげ》しさを宿していた。

可愛くて、成績も良くて、運動もできて、人気もあって……それなのに孤独を愛している。そのミステリアスさ――有り体に言えば、中二病っぽさに――オレは惹《ひ》かれていた。まったく喋ったこともないのに。クラスが同じというだけで接点なんて何もないのに。

「……普通に考えて、オレみたいなのが釣り合う相手じゃないんだけどさ。なんというか、孤独のシンパシーみたいなモノを感じていたんだ。まぁ、全部勘違いだったんだけど」

乾いた声でオレは自嘲する。

「瑞城さんとオレは奇《く》しくも、同じ高校に入学した。その時オレは……今思えばツッコミどころ満載だが……、運命だと思ってしまったんだ。もしかしたら、瑞城さんはオレのことが気になっているから同じ高校に入学したんじゃないか、ってな」

思い上がりも甚だしい勘違いの感情がフラッシュバックし、脳髄がギチギチと痛んだ。しかし、オレの後ろめたい過去はまだまだこんなものではない。むしろ、ここからが本番なのだ。

と、歯を食いしばって自らのトラウマと向き合った。

「そして、去年の十二月……つまり、半年前。クリスマスイブの前日にオレはあろうことか、瑞城さんに告白することを決意した」

「驚きの急展開ですね」

「まったくだ。……けど、当時のオレは今しかないと思い込んでいたんだ。高校生になってから初めてのクリスマス。彼女が欲しい。あわよくば…………童貞を卒業したい。そんなクソで、どうしようもないゲスな衝動によって理性がぶっ壊れてしまったんだ」

タイムマシーンがあるのなら、オレはあの時の自分をぶん殴りに行きたい。

「しかし、告白しようにも冬休みだから会って伝えるわけにもいかない。瑞城さんのLINE IDなんて知る由《よし》もない」

瑞城さんのLINE IDどころかクラスのLINEグループからもハブられていたし、と哀《かな》しい事実を心の中でそっと付け足した。

「……そこでオレは、母親が仕事で瑞城さんの親と交流があることを思い出し、それっぽい理由をでっち上げて瑞城さんの家の固定電話番号を聞き出したんだ」

「うわぁ」

オレの最悪な行動に対し、さしもの君鳥ちゃんもドン引きの声を震わせた。

「意を決して電話をかけたら、まずは、瑞城さんのお母さんが出た」

クールな瑞城さんとは対照的に温かな雰囲気で、牧歌的なお母さんだった。

「母親の名前を出して、瑞城さんに用事があると伝えたら、お母さんは快く電話を替わってくれた」

瑞城さんを待つ間に静かに流れていた保留音は今でも鮮明に覚えている。

優しいピアノの旋律……バッハのメヌエットだ。

とても穏やかな曲だが、瑞城さんを待つオレにとってはラスボス戦の導入ＢＧＭに等しいものだった。今でも、不意に聞くと嫌な汗が止まらなくなるほどにはトラウマになっている。

「……瑞城さんを待つ間はまるで、永遠に思えるほど長かった。何時間も、何日も、何年も待っているような感覚だった。実際には一分にも満たない時間だったが、きっと、極度の緊張で時間感覚が狂っていたんだろう」

永遠に流れるバッハのメヌエット。

ばくん、ばくんと、大きな音をたてて乱れる心臓の音。

緊張と、愚かな期待。

そう、あの時のオレはあろうことか、勝算があると確信していたのだ。どう考えたって無謀な突撃でしかないというのに。どうかしていたオレは瑞城さんとは相思相愛だから最高のクリスマスを楽しめるに決まっている、と最悪な妄想を繰り広げていた。

「そして、保留音――バッハのメヌエットが途切れると共に、永遠は終わりを告げた」

「瑞城《ラスボス》さん降臨、ですか」

君鳥ちゃんの問いかけに静かに頷き返し、オレは震える声で言葉を続けた。

「電話に出た瑞城さんの声はとても冷ややかだった。交流がまったくない男子からいきなり電話がかかってきたんだから、そりゃそうなるよな……。でも、その時のオレは諦めなかった」

諦めていればよかった。

「オレは勇気を振り絞って、明日のクリスマスイブに比辻野《ひつじの》商店街に来てくれないか、と言った。…………瑞城さんの返事はただ一言、無理、だった」

無理。

瑞城さんの言葉は氷の刃のようで、オレの心をズタズタに斬り裂いた。たった二文字の『無理』という言葉。こんなにも残酷で、おぞましく現実を突きつける二文字があるなんて……。

「頭の中で無理って言葉が幾重にも反響してさ……脳みそがグラグラ揺れたんだ。オレは、好きだって告白するまでもなく、ものの見事にフラれてしまったってわけだ」

取り付く島もなく。

けんもほろろに。

「そして、フラれたオレは震える声でこう続けた。このことはクラスメイトとか、他の誰かに言わないでほしい、って。いきなり家電にかけて、勝手に呼び出して、一撃でフラれて、情けない命乞いを懇願して、逃げるように電話を切ったんだ」

あんなことしなければよかった。

勘違いだって薄々気づいていたはずなのに。

一筋さえも光明はなかったのに。

後悔と、羞恥と、絶望がグチャグチャに混ぜこぜになって今にも圧《お》し潰されてしまいそうだった。

「それから、オレは眠れなくなった。ベッドに寝転んで目を瞑《つぶ》ると瑞城さんの……無理、って声が延々と脳内にループしてくるんだ。その度に、自分の愚かさと最悪な感情がフラッシュバックしてさ……頭が割れそうになるんだ」

だから、オレは頭の中に響く声を掻《か》き消すために音声作品を色々と探し回った。バイノーラル音声、シチュエーションボイス、朗読、環境音、様々なＢＧＭ……その果てにボーカロイドが歌い上げる般若心経《はんにゃしんぎょう》に辿《たど》り着《つ》いたのは今思えば、救いを求めていたせいかもしれない。己の過ちを清算したかったのだろう……。

「成程。そこまで思い詰めて不眠症になるくらい瑞城さんのことを好きだったんですね」

「いや……何というか、その」

歯切れ悪く口ごもるが、今更ここまで喋って体裁を取り繕うのも意味がないか、と半ば開き直りの境地に辿り着いた。

「ここまで語っておいて、すごくアレなんだが……瑞城《みずしろ》さんのことは正直そこまで好きってわけじゃないんだ」

「なんですと」

目をパチンと見開いて君鳥ちゃんは驚いた。

「クラスが同じだっただけで、喋ったこともなかったし……遠目で見ているだけだったから性格も知らないいし。だから、オレが好きだったのは瑞城さん自身ってよりも、瑞城さんの見た目だけだったたっていうか。フラれた今だから言うんじゃなくて、冷静になった今だから言うんだけど……たぶん、あの感情は恋じゃなかったと思う」

「つまり、性欲」

君鳥ちゃんの名推理がオレの心にザックリと突き刺さった。

「ああ……」

身も蓋もないが事実なのだから致し方ない。

「親しくもないけど性的に興味のある瑞城さんに無計画なノリで告白しようとした挙句、

バッサリと拒絶されて不眠症になった、というわけですね」

「…………改めて、最低だなオレ」

「まったくです」

ズッシリと重たい空気が全身に圧しかかる。

しかし、どことなく心は軽くなっている気がした。

不思議な気分だ。

「先輩？　何故《なぜ》笑っているんですか？」

「……い、いや何でもない！」

「もしかして、後輩に最低な懺悔《ざんげ》をして性的興奮を感じているんですか？　こんな情けないオレを君鳥ちゃんに知られてしまった～、おほぉ～……って」

君鳥ちゃんはわざとらしい棒読みでヘタクソなアヘ顔を披露した。

「そんなわけあるかっ！」

「でも、昨日言っていたじゃないですか。オレは、ムッツリスケベの童貞クソ野郎だけど、いざとなると腰が引けて何もできない臆病チキンの包茎マゾヒストだ……と」

「言っていたのは君鳥ちゃんだろッ！」

全力で二回もツッコんだせいで息切れしているオレを愉快そうに見つめて、君鳥ちゃんはベンチから立ち上がった。

「まぁ、先輩がクズであろうとゴミであろうとカスであろうと、済んだことをいつまでも後悔していてもしょうがないです。気にするだけ無駄で無意味、まさに、しかしもカカシもバッカルコーンです」

「……またそれか」

相変わらずのわけのわからなさに思わず頬が綻んでしまった。

「さて、そろそろ家に行きましょうか。今日こそは先輩がぐっすり眠れるよう色々と考えてきましたから」

「ああ、ありがとう」

「安眠どころか永眠させてやりますよ」

「殺すな」

★　★　★

君鳥ちゃんの家についた頃には時刻は三時を過ぎていた。

柑橘《かんきつ》系の香りが漂う生活感溢《あふ》れる女子の部屋。その中で真っ赤な消火器が相変わらず奇妙な異彩を放っている。

「あれ？」

ふと、視界に映ったベッドが今朝に比べて広々としていることに気がついた。ベッドの上に山盛りになっていた無数のぬいぐるみとクッションが綺麗《きれい》サッパリなくなっているのだ。

「ぬいぐるみ、どうしたんだ？」

「クローゼットに全部詰め込みました。先輩と寝る時に邪魔だったので」

そう言って君鳥ちゃんはクローゼットを指差した。確かに、クローゼットの扉は今にもはち切れんばかりにパンパンに膨れ上がっている。相当、無理やり詰め込んだのだろう。

「まぁ、確かに邪魔だったが、少し寂しい気もするな」

「そうですか？　今は先輩がいるから平気ですよ」

「オレはぬいぐるみの代わりか」

肩をすくめてオレは軽く笑った。

「よいしょ、っと」

気の抜けたかけ声と共に君鳥ちゃんはパーカーを脱ぎ、Ｔシャツとショートパンツというラフな姿を露《あら》わにした。

おっぱいの圧が凄《すご》い。

昨日のTシャツよりもサイズが小さいのか、余計にミッチリと肉感が伝わってくる。ぬいぐるみを詰め込まれたクローゼットよりもパンパンだ。

おっぱい見過ぎです、と散々言われた反省から、これでもおっぱいを見ないように心がけている。細心の注意を払って、必死に抗《あらが》っている。しかし、それでも、視線が無意識におっぱいに吸い込まれてしまうのだ。もはや不可抗力……オレの意思ではどうにもならない魔性の領域なのだ。

「先輩」

君鳥ちゃんの冷ややかなジト目がオレを射貫《いぬ》く。

「おっぱい見過ぎです」

「はい。申し訳ございません」

流れるような所作でオレは頭を深く下げて謝罪した。

「……先輩。そんなに私のおっぱいが気になるんですか？　それじゃあ、おっぱい揉《も》んでみます？」

両腕を寄せておっぱいを強調するような刺激的なポーズを取り、君鳥ちゃんは蠱惑《こわく》的な言葉を口にした。

オレは言うまでもなく、カチコチに固まった。

「――――」

「ふふっ、冗談ですよ」

気怠《けだる》そうなタレ目でオレの全身を舐《な》めるように見回して、君鳥ちゃんはペロッと舌を出した。

「私のおっぱいはそんなに安くありませんから」

そう言って、君鳥ちゃんは両手でおっぱいを優しく包み込み、隠す素振りをした。……いや、あの、その所作だけでご褒美《ほうび》過ぎて大変ありがたく、ご馳走様《ちそうさま》なんですがががっがががががッ――――。

と、あたふたするオレの耳元にそっと顔を近寄せ、君鳥ちゃんは囁《ささや》き声《ごえ》を発した。

「せんぱい」

温かい吐息と可愛《かわい》い声がオレの鼓膜と煩悩《ぼんのう》をゴリゴリ揺さぶった。

「勃起、しちゃいました？」

…………。

時が止まった。

待て、待て待て。君鳥ちゃん、キミは一体全体何を言っているんだ。いたいけな女の子がそんなこと訊《き》くもんじゃない。しかも、耳元で！　ああああああ、今の言葉、録音してえ…………！

「本当、先輩ってわかりやすくて面白いですね。アホな動物を見ているようでたまらないです……ふふふっ」

君鳥ちゃんは目を細めてサディスティックな微笑を浮かべた。薄々感づいてはいたが、この子ドSだ……。

「で、先輩。実際のところ、どうなんですか？　私の質問に答えてくださいよ」

「ノーコメントだッ！」

君鳥ちゃんのじっとりとした視線がオレの下半身に向けられたことに気づき、慌てて手で覆い隠した。

「おや？　隠すということは……」

「凝視されたら誰だって隠すだろっ！」

「でも、先輩は見られて悦《よろこ》ぶ性癖じゃないですか」

「勝手に決めつけるな！」

「成程、先輩は見られるよりも見せつけたい派なんですね」

「何故そうなるッ！」

ぜーはー、ぜーはー、とオレは荒い息を吐き出してグッタリした。流石《さすが》に三連続でまくしたてるようにツッコむのはしんど過ぎる。

「ふふっ、良《い》い感じにお疲れですね」

肩で息をするオレを楽しそうに見つめて君鳥ちゃんは笑った。

「適度な運動をするとぐっすり眠れるそうですよ」

「……そのためにわざわざオレをおちょくってツッコませたのか？」

だとしたら回りくどい気がするが。

「いえ、先輩をおちょくったのは完全に私の趣味です」

「趣味かよッ！」

★　★　★

「ふぅ」

ハーブティーを飲み干して君鳥ちゃんは小さく息を漏らした。

「今日のハーブティーは昨日のと比べてどうですか、先輩」

「ん？　……ああ、良いと思うぞ」

飲み終わった後のティーカップを一瞥し、オレは曖昧な態度で答えた。正直、昨日と今日で何が違うのかまったくわからない。決してマズくはないが、両方とも歯磨き粉を水に溶かしたような感じとしか言いようがない。

「では、そろそろ本格的に先輩の安眠のための準備をしましょうか」

そう言って君鳥ちゃんはゆっくりと立ち上がり、部屋の片隅に転がっていたふわふわのクッションを拾い上げた。

「ネットで知ったんだが、連想式睡眠法っていうのがめちゃくちゃ眠れるらしいんだ。一度、試してみないか?」

「連想式睡眠法? あー、知ってます。認知シャッフル睡眠法とも言われているヤツですね」

「そうそう、それ。簡単にできるみたいだし――」

言葉を遮るように、君鳥ちゃんは突然オレに近づき、隣に座り込んだ。そして、ふわふわのクッションを自らの膝の上に載せて手で優しくポンポンと叩《たた》いた。

「それよりも、耳かきをしてみませんか?」

「え?」

耳かき? 連想式睡眠法じゃなくて? 何故に耳かき? と脳内に疑問符を並べ連ねる

オレをバカにするような憐《あわれ》みの眼差《まなざ》しで見つめ、君鳥ちゃんは再びクッションをポンポンした。

……つまり、そのクッションの上に——君鳥ちゃんの膝の上に頭を乗せて横になれ、と言っているのか？　いや、待て待て待て。流石に、膝枕はダメなんじゃないか？　でも、添い寝はしたしオッケーなのか？　でもでも、付き合ってもいない男女がそんなことをするのは……と、ごにょごにょするオレを君鳥ちゃんは冷ややかな視線で睨《にら》みつける。

「先輩。また、無駄で無意味なことを考えてウダウダしていますね？」

「うぐ……」

「連想式睡眠法は脳をリラックスさせて、思考していない状態を作り出すことで眠りに導く方法です。とても効果的であるというのは私も知っています。しかし、今の先輩には効果がありません。むしろ、考えれば考えるほどドツボにハマって余計にこんがらがってしまう先輩には逆効果です」

ビシィッとオレを指差して君鳥ちゃんは断言した。

「ぐぐぬ……悔しいが何一つ反論できん」

「だったら、身体的にリラックスできる耳かきの方がよっぽど効果があると思います。というわけで、ほら。私の膝の上に頭を置いてください」

君鳥ちゃんの言っていることは一理ある。……それに、正直なところ、女子に耳かきしてもらうのはオレの密《ひそ》かな憧れの一つでもあったのだ。ならば、答えは一つ。無駄で無意味なことを考えるのは止《や》めて、素直に君鳥ちゃんの膝に身を委ねればいいのだっ……！

これは決してやましいことではない！　ぐっすり眠るために必要不可欠なことなのだ！

と、オレは必死に自分自身に言い訳を繰り返した。

「じゃあ……失礼する」

おずおずと頷《うなず》き、オレはゆっくりと横になって、君鳥ちゃんの膝枕に頭を乗せた。

オレの頭の重みでクッションがへこんだ。クッションの向こう側にほんのりと君鳥ちゃんの膝……そして太ももの感触と熱を感じて心臓が高鳴り、どうしようもないドキドキが全身を駆けずり回った。

今、オレは君鳥ちゃんの下半身に身を委ねているのだ……と、万感の思いに震え上がった。

「先輩」

オレの顔を見下ろして君鳥ちゃんはニヤリと顔を歪《ゆが》めた。

「とってもいやらしい顔をしていますね」

「う！　こ、これはその……なんというか！」

しどろもどろになりながらオレは慌てふためいた。

「あ、ちょっと、先輩。もじもじしないでください……こそばゆいですっ」

「す、すまんッ！」

オレは平謝りしつつ、頬を僅かに赤らめて恥じらう君鳥ちゃんの可愛さに悶絶《もんぜつ》した。

「……もー、先輩。次、勝手にもじもじしたら鼓膜を突き破りますからね」

鼓膜を突き破る……？　あまりに恐ろしい言葉に戦慄した。

「ふふっ、怯《おび》えている顔も情けなくていいですね」

いつものようにオレを嘲り笑った後、君鳥ちゃんは耳かき棒を取り出した。

「これ、先輩のためにわざわざ放課後に耳かき専門店で買ってきたんですよ」

淡々と語りながらも、どことなく語尾のテンションを高めて君鳥ちゃんは耳かき棒を見せつけた。確かに、オレが普段使いしているありふれた耳かき棒とはまるで違い、高級感溢《あふ》れる朱色をしている。

「それでは、先輩の敏感な穴に私のご立派な棒を突っ込んでアヘアへさせちゃいますね」

「恥じらいを持て！」

「でも、先輩……女子に卑猥《ひわい》な言葉を連呼される音声作品を聴いて興奮しているじゃないですか」

「うぐ……！」

思わず怯《ひる》んだオレを見据えて君鳥ちゃんはクスリと笑った。

「あ。その反応はドンピシャですね。ふふっ、先輩は本当にわかりやすくて面白いです」

「ぐぬぬ」

おのれ、オレはいったいあと何回君鳥ちゃんの手のひらで踊らされればいいんだっ……。

このままでは手玉に取られるのが癖になってしまいそうで恐ろしい。

「先輩、動いちゃダメですよ」

「ああ、わかってむちょ！」

君鳥ちゃんが操る耳かき棒が右耳の入り口付近をそっと撫《な》でたことで、オレは半自動的に情けない声を吐き出した。

ぞりっ。

「相変わらず、耳よわよわですね」

えも言われぬ感覚が耳の中で繰り広げられる。

ぞぞぞ、っと全身に鳥肌が立った。耳元で囁かれるのとはまた異なるくすぐったさ、そして、物理的な気持ち良さに今にも身悶《みもだ》えしそうになる。が、鼓膜を貫かれるという恐怖を思い出し、死に物狂いで何とか衝動を抑えつけた。

「先輩、耳赤くなってますよ？　ふふっ、気持ち良いですか？」

ぞり、ぞり、ぞりり。

少しずつ、少しずつ、耳かき棒が耳の奥へと忍び寄っていく。

ぞりぞり、ぞりっ、ぞり、ぞぞり。

無秩序に、無軌道に、耳かき棒が耳の中を駆け巡る。

ぞり、ぞり……ぞり、ぞり……ぞり。

「あ、今ぴくんってなりましたね。ここ、ですか？」

ぞりっ。

「――っ！」

瞬間、今までが前座に過ぎなかったと思えるほどの快感がほとばしり、オレは言葉にならない恥辱にまみれた声を漏らしてしまった。

「すごい反応ですねぇ。ふふっ。先輩の気持ち良い部分、わかっちゃいました」

君鳥ちゃんの声はサディスティックな愉悦が滲《し》み込み、上ずっていた。

「ほら。ここ、気持ち良いですよね？」

ぞりっ、ぞりっ。

「――っ！　――ぅっ！」

オレさえも知らないオレの弱点を全て知り尽くしているかの如《ごと》く、君鳥ちゃんの攻めは的確で、繊細で、執拗《しつよう》で、柔軟で、苛烈で、緻密で、必殺だった。

「ふふふっ……先輩、ねぇ、先輩。すごいですよ。体がぴくぴくしてます。そんなに気持ちが良いんですか？　年下の女の子にこんな姿を晒《さら》して恥ずかしくないんですか？　ふふっ、ふふふっ」

ぞりぞり、ぞりっ、ぞりぞり、ぞぞぞぞり。

弱点をひたすら攻めたてられる耳かきの気持ち良さと、情けない声を我慢できずに漏らしてしまう恥ずかしさが混ざり合い、頭の中で炭酸がしゅわしゅわと弾《はじ》けるような快感と共に理性が爆《は》ぜていく……。

ああ、このままではダメだ。こんなもの、もはや、ただの不純異性交遊そのものだ。オレ達の関係性は清く正しいものだったはずなのに。このままでは、ダメだ。しかし、オレに抗《あらが》うすべなどありゃしない。あるがままを受け入れるしかないのだ。

万事休す。

そう、朦朧《もうろう》とする意識の中で諦めかけた、その時。

「先輩」

突然、君鳥ちゃんは耳かきをピタリと止めた。

耳の中から耳かき棒がゆっくり引き抜かれていくむず痒《がゆ》さを感じながら、オレは呆《ほう》けた声を口にした。

なんだか、お預けをくらったような気分だ。いわゆる、寸止め、というヤツだろうか。

「汗すごいことになっていますよ」

そう言って、君鳥ちゃんは指先でオレの首筋をそーっとなぞった。そして、その指先に付着した汗をオレに見せつけ、君鳥ちゃんは意地悪な笑みを浮かべた。

「びしょびしょじゃないですか」

「うぐ……す、すまん」

「謝らなくても大丈夫ですよ、先輩。興奮して汗びしょびしょになるのは仕方がないことです。でも……この汗の量はちょっと出し過ぎですけど」

出し過ぎ、という言葉にセンシティブな反応をしてしまうのは耳かきをされて興奮しているせいか、それとも、普通にオレが思春期真《ま》っ只中《ただなか》なせいだろうか……。

「先輩、ちょっと起きてください」

「え？」

「いいから起きてください」

「え？」

君鳥ちゃんに半ば強引に膝から押しのけられ、オレは起き上がった。もしや、気持ち悪過ぎてドン引きされてしまったのか、と戦慄する。心当たりが多過ぎて、どこから謝罪していいのかわからん。

「先にシャワー浴びてきてください」

は？

「…………」

君鳥ちゃんの言葉がいたいけなオレの心を貫通した。

先にシャワーを浴びてきてください？　先に、って何だ？　その後に、何をするつもりなんだ君鳥ちゃん。オレにシャワーを浴びさせてどうしようっていうんだ君鳥ちゃん。

「先輩、鼻息荒くして何を勘違いしているんですか」

「え、え、え？」

「汗びしょびしょだから、このままだと体を冷やして風邪をひいてしまうといけないので、眠る前にシャワーを浴びてきてください……という意味で言ったんですけど」

「な、成程！」

自分の邪《よこしま》な勘違いを恥じ、オレは取り繕うように乾いた笑い声を上げた。

「湯船に浸《つ》かると逆に眠れなくなるので、シャワーで軽く済ませてくださいね」

「……ああ」

「着替えは制服を持ってきているので、それで大丈夫ですよね」

「そ、そうだな」

「タオルは実家から送られてきた新品があるので使ってください」

「あ、うん」

「では、どうぞ」

…………。

ん？

ちょっと待ってくれ。

君鳥ちゃんの言葉にホイホイと流されてしまったが、今からオレはシャワーを浴びるのか？　君鳥ちゃんの家で？　君鳥ちゃんがいつも使っている風呂《ふろ》場で？　オレが？　そんなこと許されるのか？　しかし、君鳥ちゃん自らがシャワーを浴びてこいと言うのだからいいのか？　え、マジで？

★　★　★

熱過ぎず、冷た過ぎず、丁度良い《い》塩梅《あんばい》のシャワーを浴びながらオレは眉間に皺《しわ》を寄せて低い唸《うな》り声を上げた。

「うぬぬぅ……」

オレは今、全裸でシャワーを浴びている。

君鳥ちゃんの家で。

君鳥ちゃんがいつも使っている風呂場で。

「うぬぬぬっ……」

中学の時の修学旅行以来のユニットバスだ。シャワーカーテンに仕切られた向こう側には、トイレ。君鳥ちゃんがいつも使っている、トイレ………って、何を考えているんだオレは！　君鳥ちゃんは善意でシャワーを貸してくれているんだぞ！　それも、よりによってトイレにフォーカスを当てて悶々《もんもん》とするなんて最低最悪下劣の極み！　恥を知れ、半崎獏也《ばくや》！

心の中で自らを叱咤《しった》してオレは大きな溜息《ためいき》を吐き出した。

「ふぅ……」

平静を取り戻しながら、オレは壁にかかっているラックを一瞥《いちべつ》した。

ラックには、ボディーソープ、洗顔剤、シャンプー、リンスが置かれていた。これが君鳥ちゃんが普段使っているモノなのか……と、またしても後ろめたい想像が脳内を暴れ回った。

いかん、視界に映る全てが性的に見えてしまう思春期フィルターが発動してしまった。流れ出るシャワーのお湯さえも何だか無性にえっちに見えてくる、末期だ。

「すー……はー、……すー……はー」

落ち着かせるため、深呼吸を繰り返した。断じて、君鳥ちゃんの残り香を吸い込んでいるわけではない。

さて。

ここで一つ問題がある。

目の前のラックに置いてあるボディーソープ、これは使ってもいいのだろうか。君鳥ちゃんはシャワーを浴びてこい、と言った。しかし、ボディーソープで体を洗ってこい、とは言っていない。……どうすればいい？　でも、シャワーを浴びるってことは体を洗うということだよな？　だから、ボディーソープを使うのは当然の行為だよな？　いいんだよな、君鳥ちゃん！

と、葛藤に苦しんでいると――――突然、ユニットバスの扉が開け放たれた。

「せんぱい、失礼しますっ」

ない。

「え、え、え？　ちょ、え？」

混乱し過ぎてまともな言葉が何一つ出てこない。何が起きているのかまったく理解でき
君鳥ちゃん、参戦！

確かなことは、シャワーカーテン越しに君鳥ちゃんがいるということだけだ。

シャワーカーテンという心もとない布切れ一枚を隔てて、オレは全裸で君鳥ちゃんと同じ空間にいる。そう、今オレは素《す》っ裸《ぱだか》で、アソコをブラブラさせながら、君鳥ちゃんと会話しているのだ……！

これもまた、君鳥ちゃんのドSなおちょくりだとでもいうのか？　だとしたら、いくらなんでもエスカレートし過ぎな気がするが……！

「……き、君鳥ちゃん」

とりあえず会話をするためシャワーを止めようとした瞬間、君鳥ちゃんが口を開いた。

「シャワーはそのまま流しっぱなしにしていてくださいっ」

「え？　あ、ああ」

君鳥ちゃんの声はどこか上ずっていて、妙に切羽詰まっているように感じられた。

「……さっき飲んだハーブティーのせいだと思うんですけど、えっと、その……おしっこ

我慢できなくて」

なんですと！

「じゃ、じゃあ、風呂出るから一旦——」

「もう、これ以上我慢できないんですっ……！」

オレの言葉を無理やり遮って、君鳥ちゃんは震える声を荒らげた。オレをおちょくるための嘘《うそ》や演技とは思えない、逼迫《ひっぱく》した声色だった。本当に限界なのだろう。いつもクールで淡々と喋《しゃべ》る——あるいは、サディスティックに笑う——君鳥ちゃんからは想像もできない弱々しさを感じた。

オレがシャワーを浴びている中に飛び込んでくるほど、限界なんだ……。

「……わかった」

オレの返答とほぼ同じタイミングでトイレのフタが開く音が聴こえた。そして、続けざまに、しゅるしゅるっと衣擦《きぬず》れの音がした。

「先輩、耳を塞いでいてもらえますか……あと、できれば鼻も。に、匂いはそんなにしないと思いますけど、一応」

「あ、ああっ……勿論《もちろん》だッ」

震える声でオレは頷《うなず》き、両耳に指を突っ込み、大きく息を吸ってから鼻呼吸を抑え込んだ。

音が聴こえなくなった。シャワーのお湯が全身に降りかかる感覚だけが伝わってくる。

ごくりゅ、と喉から生々しい音が鳴った。

聴覚と嗅覚はシャットアウトした。しかし、思考はぐるぐると回り続けている。ただでさえ思春期フィルターで脳内ピンクの妄想がオーバーヒートしているというのに、この現状は刺激が強過ぎる……っ！

今、全裸のオレのすぐ隣で君鳥ちゃんは……その、アレをコレしてソレを……。

やめろ。

考えるな。

無心になれ。

君鳥ちゃんはオレを信用してくれているんだ。

そんな彼女の弱みに付け込むな。

……。

必死に良心に訴えかけるが、それでもほとばしる煩悩《ぼんのう》は果てしなく、オレの意思に関係なくムクムクと肥大化していった。もはや、煩悩は良心を呑《の》み込み、理性さえも圧《お》し潰してしまいそうな勢いだ。

鎮《しず》まれ！

鎮まりたまえ！

キエエエエエ！

こういう時どうすればいいんだ？　素数を数えてみるか？　母親の顔を思い浮かべてみるか？　だ、ダメだ……！　素数を数える母親が穏やかな顔でこちらに手を振っているビジョンが思い浮かぶだけで、まったくもって煩悩は鎮まる気配がない！

クソ！

落ち着け！

リラックスするんだ！

……ん？　リラックス？　そうだ、リラックスする方法なら知っているぞ。般若心経《はんにゃしんぎょう》だ！　般若心経ならば煩悩を鎮めて悟りの境地に辿《たど》り着《つ》くことができるはずだ！　えーっと、ぶっせつ……まかはんにゃ～は～ら、みたしんぎょお……っ。

そうして般若心経をひたすら唱え続けていると――カーテン越しに左肩をつんつんと突《つっ》かれた。

「うぴぁッ！」

虚を衝《つ》かれてオレは思わず両耳から指を離してしまった。

…………しかし、聴こえる音はシャワーの流れる音だけ、だった。

「先輩。……もう、終わりました。耳も鼻も塞がなくて大丈夫ですから」

君鳥ちゃんの声はとても穏やかな声色だった。

「そ、そ、そっか！　そいつは良かったナァ！」

キョドり過ぎて声が裏返ってしまった。

「ふふっ」

シャワーカーテン越しに君鳥ちゃんの笑い声が聴こえ、ドキリとした。

「ねぇ、先輩。本当に耳と鼻、塞いでいてくれました？」

「当然だッ！」

食い気味にオレは答えた。

「本当ですか？」

「本当だ！　まったくもって何も聴こえていなかったし、鼻呼吸もしていなかった！」

「…………よかった」

ホッと一息ついて、君鳥ちゃんは安堵《あんど》の声を漏らした。

「おしっこの音、先輩に聴かれたら恥ずかしかったので……よかったです」

恥じらう君鳥ちゃんの可愛《かわい》さにやられ、んきゅぅ――、と喉の奥からやたら気持ち悪い音が鳴った。

「それじゃあ先輩、ゆっくりシャワー浴びてください。お邪魔しました」

君鳥ちゃんが立ち去ったことを確認し、オレは大きく息を吐き出した。緊張の糸が切れ、代わりに体の内側からグツグツと滾《たぎ》る煩悩が湧き上がってくる。

「…………」

煩悩を鎮めるため、オレは体を洗いながら般若心経をひたすら唱え続けた。

★　★　★

すっかり明るくなった空を窓越しに見上げ、オレはベッドから起き上がった。

「朝か……」

時刻は朝の七時前。シャワーを浴びた後も君鳥ちゃんに添い寝やら何やら色々と試してもらったが、結局、今日も今日とて一睡もできなかった。しかし、一人で不眠症に悩んでいる頃に比べ、心は遥《はる》かに晴れやかだった。

「なぁ、君鳥ちゃん」

ベッドで丸くなっている君鳥ちゃんを一瞥し、オレは開口した。

「今更だけど……今日は本当にありがとう。キミのおかげでスッキリしたよ」

「スッキリ？」

もたもたと起き上がり、近くにあったクッションを抱えて頬杖《ほおづえ》をついて、君鳥ちゃんは小首を傾《かし》げた。

「下半身的な意味ですか？」

「ち、ちがうッ！」

下半身的なことに関しては、今日は特に煩悩が炸裂《さくれつ》したから言い逃れはできないけれど。

と、とりあえず、その話は置いておいて！

「……瑞城《みずしろ》さんの話を聞いてもらったことだよ」

「あー。親しくもないけど性的に興味のある瑞城さんに無計画なノリで告白しようとした挙句、バッサリと拒絶されて不眠症になった話ですか」

君鳥ちゃんの放つ一言一句が的確にオレの心を突き刺した。

「……誰にも言えなくて、言えるわけがなくて、ずっと一人で後悔をし続けていたから。君鳥ちゃんに聞いてもらえて、まるで懺悔《ざんげ》をしてるような気持ちになって、心が軽くなったんだ」

「成程、勝手にベラベラと自分語りをして、勝手に受け入れてもらえたと思い込んで、勝手にスッキリしたということですね。それって、ほぼほぼオナニーじゃないですか？」

「うぐっ……！」

君鳥ちゃんの核心をついた言葉がボディーブローのように強く、重く、響き渡った。

「ひ、否定はしない……。オレは自分本位で、勝手で、自業自得《じごうじとく》で、独りよがりなクズ野郎だからな」

「はい」

君鳥ちゃんは一点の曇りもない眼差《まなざ》しでオレを見つめて、ハッキリと肯定した。

「はは……そこまで断定されると逆に気持ちが良《い》いな」

「マゾヒストの鑑《かがみ》ですね」

「そういう意味ではない！」

オレがツッコミを返すたびに君鳥ちゃんは嬉《うれ》しそうに眉をピクピクさせた。

「ともかく！　君鳥ちゃんに話を聞いてもらって、歯に衣着せぬ言葉でぶった斬ってもらったおかげでオレは救われたんだ。過《あやま》ちは消えないけれど、後悔の念は弱まっている気がするんだ」

これ以上、君鳥ちゃんにおちょくられて話の腰を折られないようにオレは矢継ぎ早に言葉を続けた。

「だからオレは決めた」

君鳥ちゃんの澄んだ瞳を見つめて、オレは力強く言葉を放った。

「もう一度……いや、今度こそ、瑞城さんに告白する」

一緒に深夜徘徊《はいかい》をして、家に泊めてくれて、シャワーを貸してくれて、添い寝してくれた君鳥ちゃんに対して、こんなことを宣言するのはおかしいかもしれないけれど。でも、この気持ちになれたのは君鳥ちゃんのおかげだから。

「でも先輩、瑞城さんのことそこまで好きじゃないのでは――」

「ああ、それでも告白する」

徹夜明けのテンションのせいか、それとも生来の向こう見ずな性格のせいか、今のオレには一切の迷いがなかった。……半年前、瑞城さんに電話をかけた時もこんな状態だった気もするが。

しかし、今のオレは半年前のオレとは違う。

一度失敗したせいで、覚悟が違う。

そして何より、目的が違う。

「今度はノリや勢いではなく、策を練って全力で瑞城さんに告白する。成功しようと、失敗しようと、清々《すがすが》しく終わるために。心の奥底でこびりついている後悔の念を全て浄化するために。自分の中で決着を付けるために」

「……先輩」

オレの顔をマジマジと見つめたまま君鳥ちゃんは少しの間、黙りこくった。

「…………」

やがて、口元を緩ませて君鳥ちゃんは穏やかに微笑《ほほえ》んだ。

「私も手伝いますよ」

「え？」

「だって、私の役目は先輩がぐっすり眠れるようにお手伝いすることですから。先輩の不眠症の原因は瑞城さんです。だから、その問題を解決すること——つまり、告白を成功に導くことこそが私のやるべきことなのですっ」

そう言って君鳥ちゃんは胸を張った。

「大丈夫です。先輩には私がついていますから」

第三話　「先輩の言う通りにしてあげます」

「じゃんじゃじゃーん」

テンション高めな擬音を棒読み気味に口ずさみながら、君鳥ちゃんはガラスのローテーブルにコンビニで購入した大量の飲食物を並べていく。

「じゃん、じゃん、じゃかじゃん」

コンビニ弁当、おにぎり、丼もの、ドリア、パスタ、カップ麺、菓子パン、サンドウィッチ、スイーツ、お菓子、ワンコイン以上する高級缶詰……と、色とりどり、多種多様なカロリーの塊が次々にローテーブルを埋め尽くす。

「ぴろぴろぴろろろ」

君鳥ちゃんが口ずさむリズム感ゼロの擬音は気になるが……とりあえずスルーすることにした。

瑞城さんへの告白を決意してから、今日で一週間。あれから連日連夜、君鳥ちゃんに協力してもらいながらオレは告白の方法を練りに練り続けた。

深夜テンションのせいで突飛なアイディアばかりだったことは否《いな》めないが……何だかんだで納得のいく結論に辿《たど》り着《つ》き、告白の準備は整った。あとは明日——現在時刻は深夜三時なので、正確に言うと今日の放課後に告白するだけだ。

そして、君鳥ちゃんの発案により、告白前夜祭を開いて今日は朝までパーッと遊び倒すことになったのだ。

「じゃきーん」

子供じみた擬音と共に君鳥ちゃんはミルクティーの紙パックにストローをぶっ刺した。

「楽しそうだな、君鳥ちゃん」

「パーティーですから当然です。ほら、先輩も盛り上がってください」

そう言って君鳥ちゃんは特盛りカルボナーラをオレに手渡した。特盛りなだけあってズッシリ重い。深夜に食べるには罪悪感たっぷりの禁忌の食べ物だ。しかし、今日は告白前夜祭、カロリーも脂質も糖質も無礼講だ！

ということで、オレは開き直りの境地に辿り着き、カルボナーラを躊躇《ちゅうちょ》なく啜《すす》った。

「はぁ～、うめぇ……」

健康に悪いことって何でこんなに幸せなんだろうか……と、オレは感極まりながらカルボナーラを咀嚼《そしゃく》する。

カルボナーラを口にしたことで胃袋が夜食モードに覚醒してしまったようで、オレは流れるような手つきで爆弾おにぎりを手に取った。オレの拳の二倍はある巨大なおにぎりにミッチリと唐揚げが詰まっている。まさに、カロリーの爆弾！　いつもならこれ一つで満足できるレベルだが、夜食モードのオレには通用しない。と、オレは爆弾おにぎりをペロリと平らげた。

更に！　追撃と言わんばかりにツナサンドをむしゃり！　胃袋が休む暇のないスパルタ行動だ。パスタ、おにぎり、サンドウィッチという炭水化物三連コンボ。もはや、今のオレはカロリーを求め続ける暴食の化け物だッ！

ああ……血糖値がドクドクと上昇する音が聞こえる気がする。

「深夜のドカ食い。ふふっ、禁断の宴《うたげ》ですね」

トマトの冷製パスタを美味《おい》しそうに啜り、口をパンパンに膨らませて君鳥ちゃんは笑った。

「たまにやる暴飲暴食は良いストレス発散になるんだよな。健康のことを気にしてばかりいたら逆にメンタルがやられてしまいそうだし」

「でも、私達ほぼ毎日夜食にカップ焼きそば食べているのでイマイチ説得力ありませんけどね」

「そ、そうだった……」

寝不足で昼食を抜くことが多いから、その分を夜食のカップ焼きそばで補っているだけなんだ、とオレは言い訳を必死に絞り出した。

「まぁまぁ、先輩。今日くらいは何も気にせず暴食の限りを尽くしましょう。もし、どうしても気になっているんでしたら、これをどうぞ」

と、君鳥ちゃんはオレに紙パックの野菜ジュースを押し付けた。気休めにもならないと思うが、心の免罪符として飲んでおくことにする。

野菜ジュースをちびちび飲みながら、もぐもぐとハムサンドを頬張る君鳥ちゃんを一瞥《いちべつ》した。すでにトマトの冷製パスタと大盛りペスカトーレ、爆弾おにぎり三つ、ソーセージパンとカツサンドとハムサンドを食べ切っている。相変わらず、見ていて気持ちが良い食べっぷりだ。

いつもカップ焼きそばの大盛りを食べているし、こんなに大食いなのに太らないのは何故《なぜ》だろう、と不思議に思う。おそらく、食べた分の栄養は全ておっぱいに吸収されているのだろう。いっぱい食べて、おっぱいが大きくなる。……素晴らしい循環だ。

「先輩」

突然、君鳥ちゃんのジト目に見つめられ、オレは反射的に謝罪の構えを取った。

「ゲームって得意ですか？」

「ゲーム？」

おっぱいを見過ぎて怒られたわけではなかったようだ、とホッとする。

「はい。もし得意だったら先輩と対戦したいな、と思いまして」

そう言って君鳥ちゃんはゲームのパッケージを取り出した。それは、オンライン対戦でもオフライン対戦でも大人気の乱闘型対戦アクションゲームだった。無論、オレもある程度嗜《たしな》んでいる。唯一の友達である外村は対戦ゲームがニガテなので、オフライン対戦はまったくやったことはないけれど。

「ああ、得意だ。オンラインで鍛え上げた腕前を見せてやろう」

「へー、VIP入りしてます？」

「当然だ」

自信満々に答えたオレをジーッと見つめて、君鳥ちゃんは目を細めて微笑んだ。サディスティックな笑顔だ。こういう時の君鳥ちゃんはだいたいロクでもないことしか考えていない。

「では、先輩。一回負けるたびに衣服を一枚ずつ脱いでいくことにしませんか？　脱衣大乱闘です」

「な、何を言っているんだ！　破廉恥が過ぎるぞ！」

「えぇ～？　そんなこと言って、負けるのが怖いんじゃないですか？　オンラインで鍛え上げた腕前を見せてやろう、キリッ！　って、カッコつけておきながら自信ないんですかー？」

めちゃくちゃ煽《あお》ってくる……。

「むしろ、自信があるからこそ、だ！　オレが勝ちまくってしまったら君鳥ちゃんが、その……は、裸になってしまうだろ！　流石《さすが》にそれはいかん！」

「と言いながら鼻の下ビンビンに伸びてますけど？」

「うぐ……気のせいだ！」

慌ててオレは鼻の下を隠した。

「じゃあ、一枚でいいですよ。私を一枚脱がすことができたらゲームは終わり。それなら、裸になることはありませんし、破廉恥ではないですよね？」

君鳥ちゃんの姿をチラリと見て、オレは頭を悩ませた。君鳥ちゃんはTシャツとショートパンツ姿、靴下は穿《は》いていない。つまり、一枚脱ぐだけとはいえ、どちらにせよ下着姿は免《まぬが》れないということだ。

「ふーん、そんなに悩むなんてやっぱり勝つ自信がないんですね。ＶＩＰ入りしているのもどうせ嘘《うそ》なんでしょうね。はいはい、わかりました。先輩は口だけのクソザコってことで――」

「わかった！」

君鳥ちゃんの言葉を遮り、オレは声を張り上げた。

「挑発であることは百も承知だが、あえて、のってやる。ここまで言われて逃げるのは男として……いや、戦士として恥だからな」

「へぇ、勇ましいですね」

ニヤニヤと笑う君鳥ちゃんを見つめて、オレは指の骨をパキポキと鳴らした。

君鳥ちゃんはオレをボコボコにして、裸にひん剝《む》いて、辱《はずかし》めて、おちょくり倒すつもりなのだろう。だが、残念ながら今回ばかりは君鳥ちゃんの思い通りにはならない、と断言しよう。ボコボコにされて、ひん剝かれて、辱められるのはむしろ君鳥ちゃんだっ……！

「真の強者というものをわからせてやる！」

★　★　★

三十分後、オレはパンツ一枚の憐《あわ》れな姿でプルプルと震えていた。

「真の強者というものをわからせてやる、でしたっけ？」

情けない姿のオレを心底嬉《うれ》しそうに眺めて、君鳥ちゃんはくすくすと笑った。

テレビ画面には勝利のポーズを取るカエルの忍者が映し出されている。連戦連敗。君鳥ちゃんを舐《な》めていたとか、自分の腕前を過信していたとか、そんな言い訳がまったく通用しないほどボッコボコにされた。まるで、初心者とプロが対戦しているかのように一方的な戦いだった。新しいトラウマが心に刻まれた気がする……。

「先輩、ボクサーパンツ派なんですね」

オレの下半身に詰め寄って、マジマジと見つめながら君鳥ちゃんは興味深そうに言った。

「ち、近いッ！　というか、そんなに見るんじゃない！」

「へー、先輩ってクソザコのくせに口答えするんですね」

「それとこれとは話が違うだろっ」

君鳥ちゃんの冷ややかで切れ味抜群の視線にゾクッとしつつ、オレはもごもごと言葉を返した。完膚なきまでに叩《たた》きのめされ、身ぐるみを剝がされたせいで心身共に萎縮してしまっている。

「もしかして、下半身をガン見されて性的興奮を感じているんですか?」

「何てことを訊《き》くんだ!」

「単刀直入に言うと、勃起していますか?」

「単刀直入に言うんじゃないッ!」

思わず下半身を両手で隠し、オレは声を荒らげた。君鳥ちゃんは平然とした顔でしれっと爆弾発言をしてくるので恐ろしい。

「先輩って乳首ちっちゃくて綺麗《きれい》なピンク色をしているんですね」

今度はオレの無防備な上半身を凝視して君鳥ちゃんは開口した。

「成程、成程」

「人の乳首を見て勝手に納得するな!」

「いえ、先輩の乳首と私の乳首、とても似ていると思いまして」

「――――」

突然の乳首情報にオレの脳内は大変なパニックに陥った。

「ふふっ、大きさも色合いもそっくりさんです。ここら辺のぷっくりしているところが特に」

「そ、それ以上言うんじゃないッ！」

正直、もっと乳首情報を教えてほしい気持ちもある。だが、これ以上聞くとオレの脳内は乳首まみれになって大変なことになるのが目に見えていたため、断腸の思いで乳首情報をシャットアウトした。

般若心経《はんにゃしんぎょう》、般若心経……！

「………ふぅ」

般若心経によって何とか煩悩《ぼんのう》を鎮《しず》め込むことに成功し、オレは安堵《あんど》の溜息《ためいき》を吐き出した。

しかし、安心するのはまだ早いようで――。

「先輩、対戦を続けますか？　それとも、敗北者の汚名と共に無様に諦めますか？　先輩はパンツ一枚、つまり、一度でも負ければ完全にすっぽんぽんになってしまいますが」

吸い込まれそうなほど澄んだ瞳で君鳥ちゃんはオレをじっとりと見つめた。

現状でも色々とヤバいのに、全裸になるのは流石にマズい。いや、マズいというかアウトだ。このまま、敗北者とバカにされることを甘んじて受け入れた方が身のためだろう。

勝てる見込みもないし……。

「あれれ？　先輩、怖気《おじけ》づいてしまったんですか？」

またしても君鳥ちゃんのクソ煽りスキルが発動した。

「負け癖がついたまま逃げるんですね。いえいえ、別に責めているわけじゃないですよ。先輩には先輩の人生がありますものね。負け犬にピッタリの人生が」

「ぐぬぬ」

耐えろ、耐えるんだ、オレ。また挑発に乗れば今度こそおしまいだぞ……！

「こんな調子じゃ瑞城《みずしろ》さんへの告白もどうせ失敗するんでしょうねー」

「ぐぐ……ッ」

「いざ告白するって時になったら何かと理由を付けて諦めて、逃げ出して、後悔を重ね塗りして無様に言い訳をするんでしょうねー」

君鳥ちゃんの挑発にビクンと反応してしまう体を必死に押さえつけ、オレは歯を食いしばった。

ここで挑発に乗るのは自らパンツを脱ぎ捨てて全裸を晒《さら》すに等しい愚かな行為だ。それは勇気でも蛮勇でも何でもない、ただの露出野郎だ。

「ちなみにですけど、私が着ている衣服は合計で三枚です」

挑発に耐え忍ぶオレを悪魔的な笑顔で見つめて君鳥ちゃんは言葉を連ねた。

「Tシャツとショートパンツと、パンツ。以上です。夜はブラジャーを付けていないので、どれを脱いでも致命傷です」

蠱惑《こわく》的な言葉に理性がグラグラと揺らいだ。

しかし、オレと君鳥ちゃんの力の差は歴然。煩悩の赴くまま、もう一度戦ったところで万に一つも勝てる見込みはない。気合で勝てるほどゲームは甘くないのだ。

そうして現実を受け入れて諦めかけた、その時……脳裏に一筋の光が瞬《またた》いた。

普通に戦っても勝てない。だが、普通ではない状態だったらどうだろうか。いわゆる、背水の陣だ。人間は極限まで追い詰められた時、脳のリミッターが外れて潜在能力を開花させるという。

パンツ一枚という現状はまさに背水の陣だ。

一度でも負ければすっぽんぽん。

即《すなわ》ち、死。

限界を超えるのはまさに今この時ではないか！

「……はっ！」

瞬間、脳内に凄《すさ》まじい電流が走ったっ……！

「もう一度だっ……！」

オレは低く唸《うな》るように言葉を吐き出した。

「今度こそオレが勝つ！」

「ふふっ、先輩って本当にアホですね。負けてすっぽんぽんになるに決まっているのに」

「それはどうかな？」

君鳥ちゃんの挑発を容易《たやす》く受け流し、オレは悠然とした態度で立ち上がった。

「確かに、このまま戦えばオレは負けるだろう。いくら背水の陣といえど、パンツ一枚という猶予は心に慢心を生む。限界を超えることはできない」

「……何をぶつぶつ言っているんですか」

「見せてやろう」

そして、オレは一切の迷いを捨てて、自らの手でパンツを脱ぎ捨てた。

「きゃっ」

オレの剝き出しの勇姿を目の当《まあ》たりにし、君鳥ちゃんは顔を真っ赤にしてそっぽを向いた。

「な、なにしているんですか！」

「フフフ、逆転の発想……コペルニクス的転回さ。パンツ一枚では辿《たど》り着《つ》けない限界突破、そう、この姿こそが究極の背水の陣なのだ！」

「わけわからないこと言ってないで隠してくださいっ。うぅ……ちょ、ちょっと！　目の前でぷらぷらさせないでくださいっ！」

一糸纏《まと》わぬすっぽんぽんのオレに対し、羞恥にまみれる君鳥ちゃんはゲームのコントローラーを持つことすらままならない。

「フフフ！　どうやら勝負あったようだな、君鳥ちゃん！　たとえ、キミがこのままゲームをプレイできたとして、オレは決して負けることはない。何故《なぜ》ならば！　すでにパンツを脱いだオレに失うモノはないのだから！　何十敗、何百敗、何千敗、と何度負けてもオレは闘い続けることができるというわけだ！　フハハハハッ！」

――カシャッ。

突然、カメラのシャッター音が鳴り響いた。

「え？」

恐る恐る振り向くと………スマホを構えた君鳥ちゃんがニコニコと微笑《ほほえ》んでいた。その笑顔を見ていると少しずつ血の気が引いていき、同時に理性が蘇《よみがえ》ってきた。そして、全裸の自分の姿を顧みて、絶望した。

追い詰められていたとはいえ、オレは何をやっていたんだ……。何がコペルニクス的転回だ。何が究極の背水の陣だ。こんなの限界を突き抜けてアウトでしかないだろ……。

「先輩」

「は、はひ……」

「先輩の醜態、バッチリ撮影しちゃいました。この写真、ネットに投稿したらどうなりますかね？」

ジ・エンド・オブ・人生。

★　★　★

ところがどっこい。

人生は終わらなかった。

悠然とした態度で夕焼け空を見上げ、オレは生きている喜びをひしひしと噛《か》みしめた。

君鳥ちゃんに全裸の写真を撮られた後、オレはひたすらに謝罪を繰り返した。その結果、大盛りカップ焼きそばを半年間毎日奢《おご》り続けることを条件に君鳥ちゃんはオレの狂気の沙汰を許してくれることになったのだ。

あの時、君鳥ちゃんがオレの全裸写真をネットで拡散していたらどうなっていたことか。想像するだけで目の前が真っ暗になる。あんなオレの醜態を許してくれた君鳥ちゃんの寛大さに感謝しなければ……。

しかし、オレの全裸写真は消去されずに君鳥ちゃんのスマホに保存されていることが恐ろしい。今後、ことあるごとに全裸写真を使って脅されそうな気がする。まぁ、完全にオレが悪いので仕方ないことだけれども。

「先輩、緊張しているんですか？」

オレの顔をジーっと見つめて、君鳥ちゃんは桜の木に軽く背を預けた。

「ああ、緊張している」

何といったって今日は瑞城さんへの告白当日なのだ、そりゃ緊張するに決まっている。

今、オレはひとけのない放課後の校舎裏で瑞城さんが来るのを待っていた。君鳥ちゃんは野次馬として見学するとのことだ。気が散るが、全裸写真の件がある以上君鳥ちゃんに抗《あらが》うことはできない。

すでに瑞城さんは呼び出している。待ち合わせ時刻まで、あと数分。瑞城さんが来てくれるかは正直わからないが……来てさえくれれば、この一週間入念に準備した告白方法を炸裂《さくれつ》させるだけだ。

告白のための衣装を身に纏い、告白のためのアイテムを携え、告白のための思いを胸に燃やし、オレは深呼吸を繰り返した。

「先輩、私の前ですっぽんぽんになった時とどっちが緊張していますか？」

「ぶぎゅッ」

　突然の君鳥ちゃんの言葉によって呼吸が乱れ、オレは情けなく咳《せ》き込んだ。

「そ、その話は本当に勘弁してくれ……深夜のテンションで暴走してたんだ」

「深夜のテンションと言えば何でも許されると思っているんですか？」

「すまん……」

「後輩の女子にあんなもの見せつけて、目の前でぷらぷらさせるなんて信じられません。トラウマになったらどうするつもりですか？」

「すまん……本当に、すまん」

　平謝りするオレを心底嬉《うれ》しそうな笑顔で見つめて君鳥ちゃんはくすくすと微笑んだ。

「ふふっ、大丈夫ですよ。ちょっと、おちょくっただけです。先輩のアレを見せつけられたところで、別に私は何とも思っていませんから」

　何とも思っていないのはそれはそれで複雑だな……。

「あんなモノ、ちくわと同じです」

　ちくわ……。

「ねぇ、先輩」

　男のシンボルをちくわ呼ばわりされて愕然《がくぜん》とするオレのおでこを指でつんつんして、君鳥ちゃんは開口した。

「リラックスできましたか？」

「え？　……あ」

君鳥ちゃんに言われて、さっきまで心の中で悶々《もんもん》としていた緊張感が和らいでいること
に気がついた。もしかして、君鳥ちゃんはオレの緊張をほぐすためにおちょくってくれた
のだろうか。

………いや、趣味だろうな、たぶん。

「君鳥ちゃん、ありが――」

感謝の言葉を口にしようとした瞬間、校舎から瑞城さんがやってくるのが視界に入り、
思わず口ごもった。

ごきゅり、と喉が鳴る。

脳内にバッハのメヌエットが響き渡り、背中に嫌な汗が滲《にじ》んだ。

「先輩」

トラウマに苛《さいな》まれそうになるオレに対し、君鳥ちゃんは優しい笑顔を輝かせた。

「お礼は告白が成功してからにしてください」

そう言い残して君鳥ちゃんは足早に去って行った。野次馬として告白を見学すると言っ

ていたのに……。おそらく、気を利《き》かせてくれたのだろう。

「……ふぅ」

心の片隅に残っていた最後の緊張感諸共に息を吐き出し、オレは目をカッと見開いた。

夕陽《ゆうひ》に映える金髪ショートカット、直視した者を射殺しそうなほど鋭い眼光を放つツリ目、不機嫌そうに固く結んだ薄い唇、見た目は可愛《かわい》らしい猫顔美少女でありながら中身は誰とも群れることのない孤高の一匹狼《いっぴきおおかみ》。

瑞城美玖《みずしろみく》。

その姿をジッと見据えて、オレは腹を括《くく》った。

半年前、くだらない勘違いとしょうもない性欲とどうしようもない暴走によって犯した過《あやま》ちを、後悔の念を、今こそ清算するんだ。

トラウマとして刻み込まれた『無理』という言葉を払拭《ふっしょく》するために。不眠症から解放されて、ぐっすり眠るために。そして、ここまで色々と手助けしてくれた君鳥ちゃんに感謝するために。

半崎獏《ばく》也《や》、一世一代の大勝負だ……ッ！

★　★　★

「何」

それが瑞城さんの第一声だった。

なに。

二文字。漢字表記だと一文字。たった、それだけの言葉。だけど、瑞城さんの冷酷な声色で言われると、恐ろしい呪詛《じゅそ》の言葉のように聞こえて仕方がなかった。かつての──半年前のオレだったら、その一言で心が潰れてしまっていただろう。しかし、今は違う。こんなところで諦めたら君鳥ちゃんに合わせる顔がない。

そう、心の中で何度も繰り返してオレは精神を整えた。

「い、いやぁ……いきなり呼び出してすまない」

震える声で瑞城さんを宥《なだ》めながら、オレは背後の桜の木に思いを馳《は》せた。

「ところで瑞城さん、知っているかい。ここ、校舎裏の桜の木の下で結ばれた二人は永遠の愛を手に入れる、というジンクスを」

桜の木を見上げて、オレは少しキザな口調で説明した。

「は？　何言ってんの」

半ばキレ気味にバッサリ切り捨てられたが、こんなところでめげるわけにはいかない、とオレは震える足を押さえて精一杯踏ん張った。

「まぁまぁ、そんなこと言わずに。どうかな、オレと花見でも……って、桜散っているから見る花がないかぁ～……あはは」

「……」

瑞城さんは眉間に皺《しわ》を寄せて、明らかに苛立《いらだ》ちを募らせていた。場を和ませるためにおどけてみたつもりだったのだが、どうやら逆効果だったようだ。もはや殺意すらこもっているんじゃないか、と思ってしまうほどの鋭い視線が恐ろしい。

「というか、何その恰好《かっこう》。ふざけてんの？」

「……フッフッフ、気づいてくれて光栄だよ」

瑞城さんの刺々《とげとげ》しい視線に挫《くじ》けそうになりつつ、オレは自らの恰好を改めて確認した。

濃紺のブレザーの上に羽織った仰々しい真っ赤なマント。くるくるにカールした金髪のウイッグ。そして、黄金の装飾が施された豪奢《ごうしゃ》な王冠。

「ご覧の通り、王子様というわけさ」

歯をキラーンと光らせる勢いでオレはニコッと笑った。

「アホくさ」

げんなりとした態度で瑞城さんは呆《あき》れ返《かえ》っているが、オレは気にすることなく――気にすると心が折れるので、最大限気にしないように自分に言い聞かせて――王子っぽい立ち振る舞いに専念した。

「ハッハッハッ。相変わらず、瑞城さんは手厳しいな」

「半崎くん」

プリンスとなったオレをジロリと睨《にら》みつけ、瑞城さんは心底不快そうな声色を吐き出した。

「鏡、見たことある？」

「そ、それは一体どういう意味かなー……」

「その恰好、死ぬほど似合ってなくて気持ち悪い、って意味」

瑞城さんの放った残酷な言葉が心にグサリと突き刺さった。もう、さっさと家に帰って何ごともなかったかのようにバイノーラル音声を聴きながら現実逃避してしまいたい、と切に思った。

しかし、オレは耐えた。瑞城さんの冷淡な視線に泣きそうになりながらも、若干泣きながらも、耐え忍んだ。

そう、オレはこんなところで挫けるわけにはいかないのだ。

このマントとウィッグと王冠、王子三点セットを快く貸してくれた演劇部のためにも。演劇部に協力をしてくれるように話をつけてくれた外村のためにも。王子になりきるべしとアイディアを出してくれた君鳥ちゃんのためにも。

「瑞城さん」

覚悟の炎を再点火してオレは静かに開口した。

「いや、あえて呼ばせてもらおうか。現実という名の夢に舞い降りた獄氷の姫君《コキュートス・プリンセス》と！」

「は？」

獄氷の姫君に生ごみを見るような目で睨みつけられるも、オレは怯《ひる》むことなく言葉を続けた。

「フッフッフッ！　姫君よ！　貴女《あなた》の憂い、惑い、迷い、贖《あがな》い、願い……それら全てを救うために我は馳せ参じました。そう、我は王子。凍《い》てつく心を溶かす灼熱《しゃくねつ》の太陽。そして、眠れる乙女を魂の牢獄《ろうごく》から解き放つ無限の奇跡。即《すなわ》ち、闇に羽ばたく凶鳥に導かれし愚かなる勇者！　マイネーム・イズ・プリンス！」

君鳥ちゃんと何度も練習をしたセリフを淀《よど》みなく言い放ち、オレはマントを仰々しい所作で翻《ひるがえ》した。そして、マントの中に隠していたオレンジの薔薇《ばら》の花束を瑞城さんに差し出した。

「何これ」

「薔薇の花束さ」

「それは見たらわかるけど」

「薔薇専門店でキミのために見繕ってもらったんだ。どうだい、綺麗《きれい》だろう？　フフフ、キミの美しさには負けるがね」

「うっざ」

瑞城さんは薔薇の花束を受け取ることなく、まぶたをピクピク引きつらせた。

「フフフ、安心してくれ。これは、ちょっとしたお芝居さ。……だけどね、オレがキミの王子様になれると思っているのはお芝居じゃない。圧倒的、リアル。絶対的、王子。それがオレだ」

「……」

もはや返す言葉もないのか、瑞城さんは無言で踵《きびす》を返して立ち去ろうとした。

「ま、待ってくれ！　瑞城さん、待ってくれッ！　本番はここからなんだ！　頼むっ、もう少しだけ話を聞いてくれ！　聞いてくださいっ！」

「……はぁ」

オレの懇願を受け入れてくれたのか、瑞城さんは溜息《ためいき》を吐《つ》きながらも立ち止まってくれた。

「二秒で終わらせて」

二秒過ぎたら殺す、と言わんばかりの凄《すさ》まじい威圧感だった。

「瑞城さん！　半年前のクリスマスイブの前日にいきなり電話してごめん！」

僅か二秒という限られた時間で告白を完遂するため、オレは王子テンションを投げ捨てた。こうなってしまっては君鳥ちゃんと共に練り上げた告白台本は使えない……。あとは、頭の中に思い浮かんだ言葉を勢い任せにぶつけるだけだっ……！

「正直なところ、オレは瑞城さんがどんな人なのか全く知らない。同じ中学だったけど、ほとんど喋《しゃべ》ったことがないから性格も趣味も何も知らない。だけど、半年前オレは瑞城さんに告白しようとした。その理由はただ一つ……顔だ！」

舌が千切れそうになるほどの早口でオレはまくし立てる。

「瑞城さんの顔が好きだ！　氷の彫刻のような冷たくて美しい顔が好きだ！　孤独を愛する猫のような顔が好きだ！　周りの人間全員を見下しているような強気な顔が好きだ！　ひたすらに顔が好きだ！　内面はわからん！　でも、顔が好きだ！　それが、オレの全て！　これが、オレの告白！　以上ですッ！」

限界を突破して凄まじい勢いで、凄まじく勝手な言葉を並べ連ねた。自分でも下品極まりない言葉の数々だった。言わなくてもいいことを全て言ってしまった。というか、言わなくていいことしか言っていない。最悪の告白だ。いや、普通なら、こんなもの告白とすら呼べないのかもしれない。

だが、これがオレの全力なのだ。

嘘《うそ》偽りない真実の思いなのだ。

だから、しょうがない。

どうにでもなれ。

「無理」

…………それが、瑞城さんの答えだった。

無理。

むり。

ムリ。

半年前、受話器越しにオレの心をズタズタに斬り裂いた言葉と同じだった。

取りつく島もない、けんもほろろな全否定の言葉。

眠ろうとするたびに脳内で残響し続けた呪いの言葉。

それが今、面と向かって放たれ、ダイレクトに鼓膜に響き渡った。

「桜の木の下のジンクスとか、イマドキ古臭過ぎて無理。王子のコスプレとか、ダサいし気持ち悪いし似合ってないし無理。薔薇の花束とか、高校生のくせにカッコつけてる感じが無理。というか、そもそもアンタの顔が無理。無駄に良《い》い声が無理。偉そうな喋り方が無理。青臭いことを暑苦しく言うところが生理的に無理」

我慢していた分をまとめて吐き出すかの如《ごと》く、瑞城《みずしろ》さんは怒濤《どとう》の勢いでオレの存在を否定し続けた。無理、無理、無理……無理のラッシュがオレの心を木端微塵《こっぱみじん》に粉砕していく。

オレが全力で告白したように、瑞城さんは全力でオレを否定する。

「何より、さっきの告白、何あれ。ふざけるのも大概にして。性格はわからないけど、顔が好きって……バカじゃないの？　それって結局、性欲じゃん。ただ、あたしのことをエロい目で見て、あわよくばエッチしたいってだけでしょ。なんか全力で思いを吐き出して、やり切ったみたいな顔してるけどさ。本音で喋ればいけると思ったわけ？　醜い部分も包み隠さず話せる人間臭いところが素敵、とでも言われると思ったの？　……そういう考えが本当に無理」

完膚なきまでに、悉《ことごと》く、オレの存在は全身全霊で否定された。半年前の無理が可愛《かわい》く思えるほどの無理の嵐。トラウマに残る言葉を超えて、その言葉の圧で人を殺せるレベルだった。

しかし、オレは殺されなかった。

むしろ、オレは活《い》き活きとしていた。

「そうだよな‼」

オレは自然とサムズアップをして瑞城さんに笑顔を見せていた。

負け惜しみでもなく、ましてやマゾヒスティックな意味でもなく……オレは今、ひたすらに清々《すがすが》しい気持ちでいっぱいだった。全力で告白して、全力で否定された。だからこそ、スッキリしていた。

半年前は何もできずに情けなく逃げて、ずっと後悔を引きずっていた。でも、今回は違う。やれるべきことは全てやって、言いたいことは言わなくていいことまで含めて全て吐き出したのだ。そして、オレの全力に対して瑞城さんは全力で応えてくれた。その結果がどうであれ、全力をぶつけ合わせることができた、その現実がたまらなく嬉《うれ》しいのだ。

「瑞城さん、色々と不快な思いをさせてごめん。そして、ありがとう」

万感の思いを込めて、オレは感謝の言葉を口にした。

ボロクソに言ったのに満面の笑みで感謝してきたオレを見て、瑞城さんはドン引きしていたが、まぁ、それは些細《ささい》なことだ。

しっかりとフラれて、後腐れなく終わって、後悔の念から解放された。これで、やっとオレは一歩前に進める。停滞していた半年間を取り戻せる。そして何よりも、これまで色々と手伝ってくれた君鳥ちゃんに報いることができるのだ。

気分爽快。

元気満々。

ああ、今夜はぐっすり眠れそうだ。

★　★　★

事の顚末《てんまつ》を君鳥ちゃんにＬＩＮＥで伝え、オレは清々しい気持ちで自宅に帰宅した。

時刻は二十三時前、いつもならスマホを触ってダラダラしている時間帯だが、今日はまるで違っていた。久しぶりに自分のベッドに横たわり、ウトウトしているのだ。遥《はる》か昔に忘れていたまどろむ感覚がとても心地が良い。

脳がぼんやりして、体がふわふわする。

まるで重力から解放されるような、肉体から魂が解き放たれるような、穏やかな眠気に全身が包まれている。

瑞城さんと決着を付け、半年間引きずっていた後悔を清算した今、オレの睡眠を邪魔するモノは何もない。もう眠れないことに苦しんだり、眠るために迷走したりする必要はない。ただ、穏やかな眠気に身を委ねるだけだ。

……君鳥ちゃんと夜中に会う必要がなくなるのは少し寂しいけれど。でも、それは不眠症のオレに付き合わせて君鳥ちゃんに迷惑をかけなくて済むことだから、むしろ喜ばしいことだろう。日中とか、健康的な生活サイクルの中で君鳥ちゃんと会えばいいわけだし。

死ぬほどおちょくられたりしたけれど、君鳥ちゃんには散々に世話になったんだ。沢山、感謝しないと。大盛りカップ焼きそば半年分奢《おご》らないといけないし、ある意味ここからが大変かもしれないな……。

そんなことをニヤニヤと考えているうちにだんだんと意識が朦朧《もうろう》としてきた。

そうそう、眠る時ってこんな感じだった。懐《なつ》かしい……。

★　★　★

そして、オレは半年ぶりにぐっすりと眠りについた。

ホッカホカの白飯にとぅるとぅるの生卵をイン！　更に、だし醬油《しょうゆ》をぶっかけて、箸で念入りに掻《か》き混《ま》ぜる！　そして、卵とだし醬油が絡《から》み合《あ》った最高のハーモニーを奏《かな》でるたまごかけごはんをかっ喰《く》らう！　下品かもしれないが気にすることなく、漫画の大食いキャラのように一気に口に放り込んでいく！

うはぁ……たまらん。

ぐっすり眠って、爽やかな朝に食べるたまごかけごはんの悪魔的な美味《うま》さたるや。このまま何度でもおかわりしてしまいそうな中毒性がある。法的に取り締まった方がいいかもしれない。

「そんなに美味《おい》しそうに朝ごはん食べるの久しぶりに見たわ」

たまごかけごはんをわしゃわしゃ喰い尽くすオレの姿をぽかーんと眺めて、母親は嬉しそうに呟《つぶや》いた。

「最近ずっと外村くんと勉強合宿したりしてたし、何かあったの？」

「あー、まぁ……色々」

そう言えば、君鳥ちゃんの家に泊まるためにそんな嘘をついていたんだった。母親には適当にお茶を濁しつつ、オレはスマホを取り出して君鳥ちゃんにＬＩＮＥを送った。今日の昼休みにでも会えないか、と。

君鳥ちゃんからの返信を待つ間、オレはもう一杯たまごかけごはんをおかわりしてペロリと平らげた。しかし、君鳥ちゃんからの返信はなかった。普段ならすぐに返してくれるのに、今日は既読すら付いていない。

何かあったのだろうか……。それとも、君鳥ちゃんも今日はぐっすり眠っていて、朝寝坊でもしているのかも。別に急ぎの話でもないし変に気にする必要はない、か。

………しかし、妙に心がざわめいている気がするのは何故《なぜ》だろう。

★　★　★

昼食を食べ終え、昼休みになっても君鳥ちゃんからの返信はなかった。既読も付いていない。あれから何度か追加でメッセージを送ったが当然、返信はない。ここまでくると流石《さすが》に心配になってくる。

「何そわそわしてんだよ」

オレの前の席に腰を下ろし、外村はピンクの派手髪をわしゃわしゃと掻いた。

「不眠症治ったっていうのに何か気分悪そうだなー。大丈夫か？」

「ん……ああ」

心配してくれる外村には申し訳ないが、オレは気のない返事をして君鳥ちゃんとのLINEのやり取りを見返した。君鳥ちゃんがよく使う微妙なデザインのフクロウのスタンプが視界に映り、思わず笑みがこぼれてしまった。相変わらず、可愛いのか不細工なのかよくわからないフクロウだ。

……君鳥ちゃんに何かあったのだろうか。それとも、不眠症が治ったオレとはもう関わる気がないのだろうか。しかし、それだとカップ焼きそばを半年間奢り続けるという約束はどうなる。何より、オレはまだ君鳥ちゃんに面と向かって感謝の言葉を伝えていない。

「…………なぁ、外村」

ほんの少し逡巡《しゅんじゅん》した後、オレは目の前の席に座るピンク髪の親友に声をかけた。

「君鳥ちゃ――あ、いや、えーと……小比類巻君鳥ちゃんって子のクラスわかるか？　一年生なんだけど」

「こひるいまききみどり？」

取り出したスマホを慣れた手つきでチェックしながら外村は首を傾《かし》げた。

「いや、知らないな。……おいおい、半崎～。もしかして後輩に手を出そうとしてんのか？　このロリコン野郎め！」

「一歳差はロリコンじゃないだろ。というか、そういうのじゃないから」

オレの表情を見て真面目な話だと悟ったのか、外村は飄々《ひょうひょう》と笑って身を乗り出した。

そして、オレの肩に手を回して他のクラスメイトに聞こえない小声で囁《ささや》いた。

「小比類巻君鳥ちゃん。一年二組、出席番号十三番。八木畑小学校、八木畑中学校出身。誕生日は八月三十一日。血液型はO型。好きな食べ物はカップ焼きそば」

「待て待て待て！　それくらいで充分だ！」

次から次へと個人情報を口にする外村を抑止し、オレは溜息《ためいき》を吐き出した。僅か数十秒でここまでの情報を集めるとは、流石は蔦見《つたみ》高校イチの情報通だ。

というか、普通に恐ろしいなコイツ……。敵に回したら絶対にロクなことにならないだろう。親友で良かった、としみじみ思う。

「スリーサイズとかはいいのか？」

「だ、ダメに決まってるだろ！　ていうか、そんなことまでわかるのかよ！」

「へへ、外村情報網を舐《な》めちゃいかんぜ？」

「君鳥ちゃんのスリーサイズは絶対に調べるなよッ！」

「わかってるってば。いくら俺でも親友の狙っている女子に手は出さないっつーの」

「だから、狙ってない！　というか、仮に狙ってなくても手は出すな！」

★　★　★

外村からもらった情報により、オレは一年二組の教室を訪れていた。

廊下から教室の中を覗《のぞ》いてみると……窓際《まどぎわ》の席で机にうつ伏せになってうたた寝をしている女子が目に映った。ふわふわのセミロングの髪、机で圧《お》し潰していてもわかる迫力満点のおっぱい。間違いなく君鳥ちゃんだ。

とりあえず、君鳥ちゃん自身に何か悪いことが起きたわけではなさそうで一安心だ。それにしても、こんな賑《にぎ》やかで騒々しい昼休みの教室でうたた寝なんてよくできるなぁ、と感心する。

「あのー、どちら様ッスか？」

背後から突然声をかけられ、オレはビクリと跳び上がった。振り返ると、そこには小動物系のギャルが立っていた。上履きの色から察するに君鳥ちゃんと同じ一年生のようだ。

「あ、えーと……」

想定していなかった女子との会話にオレはしどろもどろになった。こういう時、外村なら上手《うま》い具合に会話をするんだろうなぁ……。

「もしかして、小比類巻さんのお知り合いッスか？」

どうやら、チラチラと君鳥ちゃんを窺《うかが》っていたことがバレていたようだ。ここで濁しても話がこじれるだけか、とオレは観念した。

「ああ、知り合いというか……友達というか、まぁ、何かそんな感じだ」

「小比類巻さんのこと好きなんスか？」

「な、何故そうなるッ！」

どいつもこいつもすぐに恋愛話に繋《つな》げたがるのは何なんだ……。

「まー、小比類巻さん可愛《かわい》いし、おっぱいデカいし、なんかエロいッスもんねぇ」

「……ノーコメントだ」

オレの反応を見て小動物ギャルは口元に手を当ててニヤニヤと笑った。が、すぐに真面目な顔つきになり、気怠《けだる》そうな所作で手を振った。

「でも、やめておいた方がいいッスよー」

「え？」

「だって、あの子いっつも機嫌悪くてイヤな感じなんで」

機嫌悪くて、イヤな感じ？　確かに、君鳥ちゃんはクールで淡々としていて変な子だけど、そこまで嫌悪《けんお》されるようなことはないと思うのだが……。

「人付き合い悪いから友達もいないんで、クラスでめちゃくちゃ浮いてるんスよ。休み時間も、授業中も、ずーっと寝てるし。そのくせ、成績良《い》いから先生には注意されなくて羨ましいんスよねー。まぁ、これは個人的な妬みッスけど」

随分お喋《しゃべ》りな子のようで、小動物ギャルはベラベラと愚痴を吐き出し続けた。

「この前とか、昼休み終わるから起こしてあげたのに、すっごいイライラした顔でウチのこと睨《にら》んできたんスよ。ありえなくないッスか？　ていうか、そんなに眠たいなら教室じゃなくて保健室で寝ればいいッスのにねー」

「ちょ、ちょっと待ってくれ。キミが言っているのは本当に君鳥ちゃんのことなのか？」

「そーッスよ？　小比類巻君鳥さんッス」

そう頷《うなず》いて、小動物ギャルはオレの肩をぽんぽんと叩《たた》いた。

「というわけでー、小比類巻さんはやめておいた方が身のためッスよ」

日中は常に眠たくてイライラしていて、授業中や休み時間に眠って、起こされると更にイライラする。……その感覚をオレは知っていた。この半年間、ひたすら味わってきた苦しみにそっくりだ。しかし、どうして君鳥ちゃんがそれを？

まさか――――。

「な、なぁ……一つだけ、教えてほしいんだが」

「なんスか？」

小動物ギャルは大きな目でオレを見つめた。

緊張のせいか、喉がゴクリと鳴った。

もし、この子の答えがオレの想像するモノだったなら……。

「……」

知ってもいいのだろうか。

知らない方がいいのだろうか。

「あのー、どーしたんスかー？」

オレの顔を覗き込む小動物ギャルを一瞥《いちべつ》し、オレは意を決して開口した。知るべきか知らざるべきか、そんなことはどうでもいい。ただ……オレは知りたい。君鳥ちゃんが抱える真実を。

「君鳥ちゃんはどうしていつも教室で寝ているんだ？　どうしてイライラしているんだ？」

「あー」

オレの問いかけに軽く頷き、小動物ギャルはヘラヘラと笑った。

「不眠症らしいッスよー」

☆　☆　☆

先輩から今日何度目かわからないＬＩＮＥの通知が届き、私は自分の部屋で一人、ギチギチと下唇を噛《か》みしめた。

過《あやま》ちを犯したことの後ろめたさと、こんなことになってしまった悔しさで胸が苦しい。

すっごく、嫌な気分……。

先輩の気の抜けたアホ面《づら》が思い浮かび、たまらず頭を抱えてしゃがみ込んだ。今更、罪悪感を抱くなんて……何様だよ、私。というか、あんなことをしておいて、未《いま》だに先輩にすがろうとするなんて最悪にもほどがある。

スマホの電源を切り、私はゆらりと立ち上がった。そして、どこかに救いがないか、と部屋の中を見渡した。救いなんてどこにもないとわかっているくせに。

最初に目についたのは、ベッドの上に積み重なった無数のぬいぐるみ達。

ウサギ、クマ、ひよこ、イルカ、サメ、ブタ、羊、ゾウ、サイ、牛、トラ……まとまりのない多種多様なぬいぐるみがベッドを覆い尽くしている。それらは、孤独を紛らわすために買い集めたもの。恐怖を誤魔化すために抗《あらが》った無意味な行為。いわば、残骸だ。

結局、何もかもが無駄だった。

ぬいぐるみも、先輩との日々も。

むしろ、自分が余計に惨《みじ》めになっただけ。

「クソ……っ」

汚くて拙い言葉を吐き捨てて、私はぬいぐるみの山から目を逸《そ》らした。

次に視界に映ったのは、真っ赤な消火器だった。一人暮らしを始める際、真っ先に通販で購入した本物の消火器だ。ぬいぐるみより多少は現実的な保険だったけど、結果的に大した違いはない。もはや、形骸化した邪魔くさいインテリアだ。

不意に、脳の奥底からバチバチと何かが爆《は》ぜる音が聞こえた。いつもの幻聴――トラウマのフラッシュバックだとわかっていながらも、抗いようのない不快感に私はヘナヘナとへたり込んだ。

呼吸が乱れて、嫌な汗が首筋を伝う。

発作が治まるまで目を閉じて、ゆっくりと深呼吸を繰り返した。リードディフューザーから香るベルガモットの匂いが鼻孔の奥にふんわりと広がり、少しずつ、少しずつ、心が穏やかに落ち着いていく。

近くに転がっていたミネラルウォーターのペットボトルを手に取り、一気に飲み干した。が、勢いよく飲み過ぎたせいで気管に入ってしまい、げほげほ、と情けなくむせ返った。悉《ことごと》く無様だ。

涙目になりつつ、何とか平静さを取り戻し、再び部屋の中をぼんやりと見渡した。

ガラスのローテーブルの上に無造作に置かれている朱色の耳かき棒を発見し、忌々《いまいま》しい記憶が蘇《よみがえ》った。まぁ、先程の最悪のフラッシュバックに比べれば遥《はる》かにマシだけれども。

あの日、耳かきで調子に乗って攻め過ぎた結果、先輩は汗まみれになってシャワーを浴びることになった。そして、最悪なタイミングでハーブティーの利尿作用によって私は尿意を催してしまい…………。

「あーあーあー」

恥ずかしさを払拭《ふっしょく》するためにアホみたいな声を上げて私はジタバタと身悶えした。しかし、この行為こそが恥ずかしさの極みであると早々に気づき、誰に見られるわけでもないというのに慌てて姿勢を正して咳払《せきばら》いをした。

「けほん」

自己嫌悪に陥って、トラウマに苛《さいな》まれて、恥ずかしさに身悶えして、てんやわんやの大騒ぎで散々だ。まったく、こんな真夜中に私は一人でいったい何をやっているんだ。

……本当、何やってるんだろ。

☆　☆　☆

魔王でも降臨しそうな、やたら立体感のある雲がもくもくと夜空を覆っている。

あの日もこんな空だったなー、と感傷に浸りながらオレは真夜中の比辻野《ひつじの》市をトボトボと歩いた。

五月の下旬、寒くも暑くもない気温がとても心地良い。しかし、この快適な季節もあと僅かで終わりを迎え、あっという間に夏が来るだろう。夏……個人的に憂鬱な季節だ。女子の露出度が上がるのは非常に喜ばしく、眼福極まりないが、それ以上に暑さがしんどい。夏が来る前から、早く夏が終わってほしいと切に願ってしまうほどに。

などとどうでもいいことを考えていると、いつの間にか目的地の公園に辿《たど》り着《つ》いていた。古ぼけた滑り台と公衆トイレとベンチ一つしかない、小さな公園だ。

そして、ベンチに座っている女の子を見つけた。いつものように大盛りカップ焼きそばを夢中になってもぐもぐと食べている。このまま遠くから見守っていたい、という犯罪的な衝動に駆られつつ、オレは彼女のもとに近寄った。

「……君鳥ちゃん」

声をかけたオレに気づき、君鳥ちゃんはゆっくりと顔を上げた。そして、やる気のないタレ目でオレのことをジーっと見つめた。

無機質で透明感のある美しい顔立ち。一日ぶりだけど、何だか妙に懐《なつ》かしく感じてしまう。

「何してるんですか、先輩」

「何故《なぜ》LINEを返してくれないんだ、君鳥ちゃん」

「質問に質問を返さないでください」

食べ終わったカップ焼きそばのゴミをコンビニ袋に入れて片付け、君鳥ちゃんはゆったりと立ち上がった。

「まぁ、いいです。先輩の質問に答えてあげますよ」

そう言って、君鳥ちゃんは胸がくっつきそうになるくらいの至近距離まで詰め寄り、冷ややかな目でオレを睨みつけた。

「何故LINEを返さなかったのか。それは、おっぱいガン見してきたり、全裸を見せつけてきたり、おしっこの音を聴こうとしてきたり……と、先輩の不快なセクハラに限界がきたからです」

「ぐう……！」

改めて自分の下劣さを知らしめられてオレは情けない唸《うな》り声を漏らした。確かに、嫌われて当然の行為の数々だ。むしろ、君鳥ちゃんにＬＩＮＥをブロックされたり通報されたりしていないだけ感謝するべきかもしれない。……と、そこまで考えてオレはハッと気づいた。

「いや、待て！　おしっこの音は聴こうとしていないぞッ！　それだけは濡《ぬ》れ衣《ぎぬ》だ！　ちゃんと耳を塞いでいたからまったく聴こえていない！　本当だ、信じてくれ！」

「必死に否定するところが怪しさ満点です」

キッパリと断定し、君鳥ちゃんは「ふんす」と鼻を鳴らした。

「でも、聴かれてしまった以上はしょうがないです。恥ずかしいですけど、どうしようもありませんから……先輩のことを恨みつつ、真摯に受け入れますよ」

「だ・か・ら！　聴いてないってば！」

「はー、わかりました。そういうことにしてあげます」

まるで、オレが無様に駄々をこねて譲歩されたような雰囲気じゃないか……。

「じゃあ、今度は私からの質問です。先輩、せっかく不眠症が治ったのに何してるんですか？　こんな深夜にフラフラしていたら不健康ですよ」

「……キミに会いにきたんだ」

「へー、気持ちが悪いですね」

君鳥ちゃんのさらりとした罵倒にめげることなくオレは言葉を続けた。瑞城《みずしろ》さんに存在を散々否定された今のオレに『気持ちが悪い』なんて言葉は通用しない。むしろ、気持ちが良《い》いくらいだ。

と、思考が変な方向に向きかけたのを矯正して、オレは覚悟を決めて開口した。

「君鳥ちゃん、キミも不眠症なんだろ」

オレの放った言葉に対し、君鳥ちゃんは眉をピクリと震わせた。

「今日の昼休み、キミに会いに行ったんだ。そこで、クラスメイトの子からキミのことを聞かせてもらったよ。寝不足でいつもイライラして、授業中も休み時間もずっと寝ている、って」

「それは……」

動揺のせいか、君鳥ちゃんは珍しく言葉を詰まらせた。そして、君鳥ちゃんが反論をするより早く、オレは深々と頭を下げて精一杯の謝罪の言葉を口にした。

「すまない、君鳥ちゃん。キミが不眠症であることに気づけなかったのはオレの落ち度だ。眠らなくていい人間だ、と言っていたが、そんなことは嘘《うそ》だとすぐに指摘するべきだったんだ。オレは、眠れなくて苦しんでいるのは自分だけだと思い込んで、手を差し伸べてくれたキミの優しさに甘えてしまっていた。すぐ傍《そば》にいたのにキミのことを何一つ気にかけてあげられなかった。……本当に、すまない」

「先輩……」

「そして、ありがとう」

オレは頭を上げて、君鳥ちゃんの顔を真《ま》っ直《す》ぐ見つめた。無機質な人形のような顔に困惑の表情がほんのりと滲《にじ》んでいる。あと、ほっぺたに青のりが付いている。

「瑞城さんに告白して、不眠症が治ったのはキミのおかげなんだ」

「……私は何もしていませんよ」

オレの視線から逃げるように君鳥ちゃんは弱々しく首を振った。

「私はただ、適当なアイディアを出して先輩をおちょくっていただけです。イマドキ古臭い桜の木の下で告白させたり、全然似合ってない王子様のコスプレをさせたり、クソ高い薔薇《ばら》の花束を買わせてみたり……」

「それでも、キミが後押ししてくれたから瑞城さんに全力で告白できたんだ」

「……そんなのは結果論です」

「結果が全てさ」

どれだけ言い返しても無駄だと悟ったのか、君鳥ちゃんは下を向いて黙りこくった。

「だから、今度はオレがキミを助ける番だ」

「え？　な、何言ってるんですか……先輩」

「君鳥ちゃんがぐっすり眠れるよう手伝う、って言ったんだ。一緒に深夜徘徊《はいかい》したり、ドカ食いパーティーをしたり、ゲームで対戦したり……君鳥ちゃんさえ良ければ耳かきもしてやるぜ」

信じられないバカを見るような目でオレを見つめ、君鳥ちゃんは唇を震わせた。

「わけのわからないこと言わないでください。先輩は半年間ずっと苦しんでいた不眠症がやっと治って、健康的な普通の生活を送れるようになったばかりじゃないですか。それなのに、なんでわざわざ私のためにそんなことするんですか……」

「不眠症のキミを放っておいて自分だけぐっすり眠るなんて自分勝手なこと、できるわけがないだろ。というか、モヤモヤしてまた不眠症になってしまいそうだ。つまり、キミのためっていうのはオレのため、オレの安眠のためにはキミの安眠が必要不可欠なんだ」

「屁理屈《へりくつ》ですっ」

「しかしもカカシもバッカルコーンだ」

「……」

かつて君鳥ちゃんから言われた言葉を今度はオレが君鳥ちゃんに言い放った。

「意味とか理由とか、ゴチャゴチャ考えるだけ無駄だ。むしろ、考えれば考えるほどドツボにハマって余計に眠れなくなる。だから、オレのことは気にせず、のんびり、ゆったり、リラックスしようぜ。……だろ？」

「むぐぅ……」

再び君鳥ちゃんは俯《うつむ》いて言葉にならない声をもにょもにょと呟《つぶや》いた。

君鳥ちゃんは不思議な子だ。

オブラートに包まない言い方をするなら、変な子だ。

出会ったばかりのオレを家に連れ込み、添い寝して、耳元で囁《ささや》いてきて、一緒に深夜徘徊して、オレの過《あやま》ちを聞いてくれて、告白の準備に付き合ってくれて、ドカ食いパーティーをして、対戦ゲームでオレをすっぽんぽんにして、不眠症のオレとずっと一緒にいてくれた。かなり、とても、すごく、凄《すさ》まじく、どうしようもなく、変な子だ。わけがわからなさ過ぎる。

でも、嬉《うれ》しかった。

わけがわからないくらい嬉しかった。

瑞城さんへの過ちを後悔し続けて、半年間不眠症に苦しんで、辛《つら》くて、色々と試して、それでもどうしようもなくて、一人で追い詰められていた。誰かに頼ることすらできず、一人でもがき続けてきた。

そんなオレに寄り添ってくれた。

こんなオレを受け入れてくれた。

君鳥ちゃんに感謝する理由はそれだけで充分だ。

「……先輩」

オレの勢いに観念したのか、根負けしたのか、君鳥ちゃんは眉を八の字に曲げて困った顔をした。そして、自らの頬をぺちぺちと叩《たた》いて気合を入れ直し、オレの顔をジトーッと睨《にら》み付《つ》けた。

「先輩って、ムッツリスケベの童貞クソ野郎だけど、いざとなると腰が引けて何もできない臆病チキンの仮性包茎マゾヒストですね」

「おい！　この流れで言うセリフじゃないだろッ」

もう少し感動的な展開を期待していたのに、まさか悪意と偏見のオンパレードをぶつけられるとは……。でも、いつもの君鳥ちゃんの調子が戻ってきた気がして無性に嬉しくなったのも事実だった。

「ふふっ、冗談です」

目を細めて君鳥ちゃんは嬉しそうに微笑《ほほえ》んだ。

「……しょうがないですから、先輩の言う通りにしてあげます。せいぜい私をぐっすり眠らせるために頑張ってください。ただし、私の不眠はそう易々《やすやす》と解決できるようなモノじゃありませんから」

「望むところだ」

「それと、大盛りカップ焼きそば半年分奢《おご》るの忘れないでくださいね」

「ああ、わかってるよ」

そうして、オレと君鳥ちゃんの夜《よ》ふかしの日々が再び始まった。不眠症を治す側と治される側の立場は変わったけれど、これまで通り二人だけの穏やかで楽しい時間が続く……そう、この時のオレは気楽に考えていた。

第四話　「さようなら、先輩」

四時という深夜と早朝の境目のような時刻にあろうことか、オレと君鳥ちゃんはラーメン屋を訪れていた。

ラーメン屋・くらはる。

比辻野《ひつじの》公園から徒歩一時間ほど、鮎川島《あゆかわしま》駅の裏手でひっそりと営業している知る人ぞ知る名店だ。こんなわけのわからない時間だから当たり前かもしれないが、客はオレ達二人だけ。まるで貸しきり状態のような開放感だ。

「こんな時間にラーメン食べるなんて、私達悪い子ですね」

熱々の麺をハフハフしながら君鳥ちゃんは目を細めて微笑んだ。

「不眠症の特権だ。思う存分、悪事を楽しもうぜ」

「いたいけな後輩を悪の道に誘うなんて、酷《ひど》い先輩です」

「本当にいたいけな後輩は自分のことをいたいけなんて言わないだろ」

「ごもっともです」

そう言って君鳥ちゃんは無邪気にはにかみ、ラーメンをずるずると啜《すす》った。

「ふはぁ……おいしいです」

君鳥ちゃんは全身をぷるぷるさせて感動を噛《か》み締《し》めていた。今にも泣き出しそうなほどの勢いだが、そうなるのも当然だ。

真夜中に食べるとんこつラーメン、という背徳感の極み。更に、わざわざ一時間も歩いてきた、という付加価値も加わるのだ。健康には悪かろうが精神には効果てきめん。感動のあまり泣きそうになるのも無理はない。

美味《おい》しそうに麺を啜る君鳥ちゃんを眺めているだけでも幸せな気分になれる。が、また性的な目で見ていたんですか、と言われかねないので自重することにした。

さて、オレもラーメンを食べるとするか。

まずは、濃厚なとんこつスープを一すくい、ごくり。すると、とんこつの旨《うま》みが口内にぶわっと一気に広がった。これはもはや、とんこつによる侵略だ。今や、オレの体は豚の骨の支配下に置かれたのだ。更に、もう一すくい、ごくり。ああ……一時間歩いて疲弊した体にどろりとしたとんこつスープが染《し》み渡《わた》る。

そして、お次は麺をずるり。太過ぎず、細過ぎずの丁度良い塩梅《あんばい》のちぢれ麺の美味《うま》さたるや筆舌に尽くし難《がた》し。ずるり、ずるり、ずるずるり。今のオレは麵を啜るマシーンだ。

しばらく麵を堪能《たんのう》した後、今度は肉厚なチャーシューを一口、むしゃり。とんこつスープがたっぷり沁《し》み込んだジューシーな味わいに舌鼓《したつづみ》を打ちつつ、その合間にメンマをひっそりと、ぱくり。

スープを飲んで、麵を啜って、チャーシューを齧《かじ》って、トッピングを摘まんで……と、ラーメンを食べる工程は忙しくて、楽しくて、たまらない。

チャーシューを少しずつ大事に食べたり、途中でラー油を入れて味変を試みたり、あえて煮卵を贅沢《ぜいたく》に一口で食べちゃったり、その時の気分で様々なイベントが起こる一大スペクタクル。

そう、ラーメンを食べるということは唯一無二のエンターテインメントなのだ。

「は～……ごちそうさん」

空っぽになった器に両手を合わせて感謝の言葉を述べた後、オレは水をゴクゴクと一気に飲みほした。こってりしたラーメンで火照《ほて》った体にスカッと染み渡る水の美味さ。この水も含めてラーメンというエンタメは完成する、と言っても過言ではないだろう。

「ふぅ、ご馳走様《ちそうさま》です。とっても、美味しかったです」

君鳥ちゃんもラーメンを食べ終え、満足感溢《あふ》れるとろけた表情を浮かべた。

「一時間、歩いてきた甲斐《かい》がありましたね」

「ああ。この店を教えてくれた外村に感謝しないとな」

「外村？」

「ああ、オレの親友だ」

「えッ！」

かつてないほど大きな声を上げて君鳥ちゃんは目をパチクリさせた。

「先輩に友達がいるなんて驚きです」

「し、失敬な！　オレにだって友達くらいいるわ。……一人だけど」

「ふふっ」

もごもごと反論するオレを一瞥《いちべつ》し、君鳥ちゃんは頬を緩めた。

「一人いるだけで充分じゃないですか。私は一人もいませんから、先輩の方が勝ってますよ」

「君鳥ちゃんだって――」

言いかけた言葉を呑《の》み込み、オレは黙り込んだ。

君鳥ちゃんだって――不眠症が治って日中も穏やかに生活できるようになれば友達を作れるさ、とオレは言おうとした。しかし、その言葉は希望的観測でしかなくて、あまりに無責任だったので声に出すことはできなかった。

そんなオレの戸惑いを察したのか、君鳥ちゃんは眉をひそめて開口した。

「先輩、何を気にしているんですか。今のはただの自虐ネタですよ」

「え、あ……そ、そうか」

「勝手に同情したりしないでくださいね。かわいそう、って先輩に思われることほど屈辱的なことはありませんから」

オレを侮蔑するようなサディスティックな眼差《まなざ》しを向けて君鳥ちゃんはクスクスと笑った。だが、その表情には切なさが滲《にじ》んでいる気がして、オレは直視することができなかった。

★　★　★

出来の悪いＣＧのように立体感が崩れた雲が浮かぶ夜空を眺めながら、オレ達はラーメン屋の帰り道をトボトボと歩いていた。君鳥ちゃんの家まで約一時間ほど、ラーメンのカロリーに比べれば消費カロリーは微々たるモノだが、食後の運動には丁度良《い》い塩梅のウォーキングだ。

時刻は五時前。比辻野市は今日もひっそりと寝静まっている。古びた自販機の薄明かりだけが辺りをぼんやりと照らしている。

「ふわぁ～……」

幸せな満腹感に誘発されたのか、つい大きなあくびをしてしまい、オレは慌てて取り繕った。

「す、すまんっ」

必死にあくびを噛み殺すオレを一瞥し、君鳥ちゃんは柔らかな所作で首を横に振った。

「謝らなくていいですよ、先輩。おなかがいっぱいになって眠たくなるのは普通のことですから」

「……すまん」

君鳥ちゃんが言った言葉を脳内で反芻《はんすう》し、オレは唇を噛み締めた。眠たくなるのは普通のこと……それはつまり、眠れない不眠症の自分は普通じゃない、と自ら言っているように思えて胸がズキズキと痛くなった。

「先輩」

淡々と、それでいて優しく穏やかな声色で君鳥ちゃんは言葉を紡《つむ》ぐ。

「私のために無理しないでください。私のことを思ってくれているだけで十二分に嬉《うれ》しいですから。ね、先輩。おなかいっぱいになって、一時間歩いて帰って、そのままぐっすりと眠ったらさぞかし気持ちが良いと思いますよ」

オレの肩にそっと手を乗せて、誘惑するように君鳥ちゃんは言った。

君鳥ちゃんが言うように、このまま眠ったらさぞかし気持ち良いだろう。現に、不眠症を克服したオレは今、眠気がピークに達している。心地良いまどろみに身を委ねてしまいたい衝動に駆られているのも事実だ。

しかし、「それはできない」とオレは力強く否定した。

不眠症の君鳥ちゃんを残して一人だけ眠りにつくなんてこと、できるわけがない。そんなことをしたら君鳥ちゃんを裏切ったという後悔の念が生まれ、またしても不眠症になってしまうだろう。

「オレのことは気にするな」

肩に置かれた君鳥ちゃんの手を優しく振りほどき、オレは強い意志を込めた言葉を吐き出した。

「そんでもって、眠れないことを気にするな。普通じゃないことを気にするな。……むしろ、眠れなくてもいいじゃないか。不眠症も悪いことばかりじゃない。だって、こうして深夜にラーメンを食べたり、深夜徘徊《はいかい》を楽しめるのは不眠症の特権だろ」

それは、気休めかもしれない。

不眠症を克服した人間だから言える他人事《ひとごと》かもしれない。

……でも、それでも、オレは伝えたかった。不眠症に苦しんでいた時、君鳥ちゃんに受け入れてもらえたことが何よりの救いになったことを。

気休めでもいい、他人事でもいい。ただ、傍《そば》にオレが一緒にいることを、君鳥ちゃんは孤独ではないということを、オレは伝えたかった。

「……ふふっ」

オレの思いを受け取ってくれたのか、君鳥ちゃんは顔を綻ばせた。

「先輩って臭いですよね」

そう言って君鳥ちゃんは鼻をクンクンして匂いを嗅ぐ真似《まね》をした。

「うぐ……瑞城《みずしろ》さんにも言われたよ」

「くっさぁい……って、言われながら攻められる音声作品とか好きそうですよね」

「な、何故《なぜ》それを知って――――は！」

墓穴を掘ってしまったことに気づき、オレはガックシと項垂《うなだ》れた。シリアスな雰囲気が一気に変な空気になってしまった。……まぁ、君鳥ちゃんの照れ隠しだと思っておこう。

「ねぇ、先輩」

車一台通らない道路のド真ん中を悠々と闊歩《かっぽ》しながら、君鳥ちゃんは空を見上げた。

「真夜中の町って、何だか世界が終わってしまったみたいでワクワクしますよね」

夜空に浮かぶ無数の雲は酷《ひど》く不恰好《ぶかっこう》で、今にも落ちてきそうだった。

「ああ……わかる」

いきなり話題が変わったことに驚きつつ、オレは深々と頷《うなず》いた。以前、一人で深夜徘徊している時にオレも同じようなことを考えたことがあった。世界の終わりを連想するなんて普遍的な考えかもしれないが、君鳥ちゃんと共感できたことが妙に嬉しい。

どこまでも退廃的で、どうしようもなく美しい。がらんどうな田舎町の静寂を君鳥ちゃんと一緒に感じて、オレは改めてこの町を好きになった。

「でも、世界が終わった後のことを考えるのは楽しいんですけど……世界が終わる瞬間のことを考えるのは怖いんですよね」

「確かに。もし終わるのなら、寝ている間にサクッと終わってほしいな」

「え」

何気ないオレの一言に対し、怯《おび》えにも似た声を漏らして君鳥ちゃんは立ち止まった。

「……私は嫌です」

喉元から絞り出すような掠《かす》れた声色で君鳥ちゃんは拒絶の言葉を繰り出した。

「寝たまま終わるなんて……死ぬなんて、絶対に嫌です。そんなこと考えたくもありません」

君鳥ちゃんは震える自らの体を両手で抱き締め、拒絶の言葉を何度も口にした。執拗《しつよう》なほどの拒絶。そこには、オレを否定した瑞城さんよりも遥《はる》かに強い思いがこもっている気がした。

「君鳥ちゃん……？」

異様な反応の君鳥ちゃんに歩み寄り、オレはこわごわと声をかけた。

「もしかして、キミの不眠症の原因に何か関係があるのか？」

オレの問いかけに君鳥ちゃんは何も答えなかった。

俯《うつむ》いたまま、重苦しい無言を貫き続けた。

これ以上踏み込んでもいいものなのか、と逡巡《しゅんじゅん》を繰り返していると、君鳥ちゃんは突然顔を上げてわざとらしいほどの笑みをニッコリと浮かべた。

「先輩、考え過ぎですよー」

……いつもは目を細めてはにかむように笑うくせに、今のニコニコ笑顔は何から何まで嘘《うそ》臭過ぎる。

「私こう見えて想像力豊かなので、ついつい変なことを考えてしまうんです」

「いや、しかし──」

「しかしもカカシもバッカルコーンです」

オレの鼻先をツンと軽く突っつき、君鳥ちゃんは悪戯《いたずら》っぽく微笑《ほほえ》んだ。

「先輩も毎日エロエロな妄想ばかりしているから、想像力凄《すご》いんじゃないですか?」

「は、話を変な方向に持っていくんじゃないっ」

「でも、事実じゃないですか。私、気づいているんですよ? 先輩がいっつも私の体をいやらしい目でチラチラ見ていること。おっぱいだけじゃなく、太ももも、お尻も、アソコも……。どうせ、家に帰ったら私のことを想像しながら妄想を爆発させているんでしょう?」

「うぐぅ……!」

煽《あお》り性能抜群のジト目で凝視され、オレはたまらず情けない声を漏らしてしまった。

おかしいぞ……。さっきまでは君鳥ちゃんの弱々しい部分を掘り下げるシリアス展開だったはずなのに、いつのまにか主導権を奪い取られて君鳥ちゃんにおちょくり倒されてしまっている。幻術でも使われたような気分だ……。

「まったく、往生際《おうじょうぎわ》が悪いですね」

やれやれ、と君鳥ちゃんは肩をすくめた。

「君鳥ちゃんを毎晩オカズにしてます！　……って、ハッキリ言った方がいいですよ」

「言えるかッ！」

素早く返したオレのツッコミに対し、君鳥ちゃんは眉間に皺《しわ》を寄せて小首を傾《かし》げた。

「あれ、おかしいですね。普通に否定するなら、『言えるかッ！』ではなく、『そんなことはしていない！』と言うべきじゃないですか？　何故、しっかりと否定しなかったんですか？　これでは暗に自白しているようなものじゃないですか？」

性格の悪い名探偵みたいにガン詰めしてくるな、この子。

「それはその……言葉のあやというか、日本語の難しさというべきか……」

「ホント、先輩はウダウダと言い訳ばかりですね。これだから童貞は困ります」

「ど、童貞への偏見はやめろ！」

童貞を見下すような視線を突き付けられ、オレはもごもごしながら反論した。

今の時代、高校生で童貞なんてザラにいるだろう。なのに童貞というだけでバカにしたり、まともじゃないとレッテルを貼るなんて……と、言い返そうとした瞬間、先に君鳥ちゃんが開口した。

「先輩、誤解されているかもしれないので一つ訂正しておきますね」

「え？」

「私は童貞だからといって軽蔑しているわけではありません。ただ、純粋に、先輩を軽蔑しているだけです。先輩が童貞だろうが、非童貞だろうが、どちらにせよボロクソに見下しますからご安心ください」

「安心できるか！」

君鳥ちゃんが童貞を頭ごなしに否定するタイプじゃなくてよかったが、それはそれとして、オレへの扱いが酷過ぎて泣けてくる。……まぁ、凄くポジティブに考えるなら、オレのことを特別扱いしてくれていると受け入れることにしよう。

「ところで、先輩って童貞なんですか？」

「ぐひっ」

あまりにド直球な質問をぶつけられ、大きく仰《の》け反《ぞ》ってしまった。

君鳥ちゃんの清らかに澄んだ瞳にあたふたする情けないオレの姿が映り込む。

「……童貞だよ。というか、これでオレが童貞じゃなかったら驚愕《きょうがく》のどんでん返しにもほどがあるだろ」

「確かに」

食い気味に納得されて釈然としない気持ちに陥った。

★　★　★

一日ぶりに訪れた君鳥ちゃんの家は相変わらず生活感に溢《あふ》れていて、良い匂《い》いが充満していてドキドキした。そして、学習能力皆無のオレは匂いを嗅いでいることがバレて君鳥ちゃんに白い目で見られてしまった。

部屋の雰囲気にミスマッチな消火器が片隅にぽつねんと佇《たたず》んでいるのも相変わらずだ。が、一つだけ変わっていることがあった。

以前はクローゼットにぎゅうぎゅう詰めに仕舞い込まれていた無数のぬいぐるみ達がベッドの上に再び山盛りに復活していたのだ。心なしか、ぬいぐるみの数も増えている気がする。

「あ、すみません。この子達、また片付けないといけないですね」

「いや、別にそのままでも大丈夫だと思うが」

「でも、先輩が寝る時に邪魔になるじゃないですか」

そう言って君鳥ちゃんはぬいぐるみの山を力ずくで押しのけ、ベッドの上にスペースを作った。ベッドの端っこに無理やり追いやられてグッタリしているぬいぐるみ達が何だか気の毒に思えた。

「さて、今日からは先輩が私のために色々とご奉仕してくれるんですよね?」

「ご奉仕って言い方はやめろ、何か卑猥《ひわい》だ」

「卑猥って思う先輩が一番卑猥なんじゃないですか?」

くぅ……反論できないのが辛《つら》い。と、オレが怯《ひる》んだ隙に君鳥ちゃんは素早く距離を詰め、耳元に狙いを定めてウィスパーボイスを炸裂《さくれつ》させた。

「……卑猥なご奉仕してもいいですよ、せんぱい」

暖かくて気持ちが良い吐息と優しくも蠱惑《こわく》的な囁《ささや》き声《ごえ》により、オレの鼓膜は爆発した。

「ぎゅぽんッ!」

脊髄反射で奇声を上げてオレは尻もちをついて身悶えした。鼓膜が爆発したのはどうやら錯覚だったようだが、今もなお君鳥ちゃんのウィスパーボイスが残響して鼓膜が大変なことになっているのは事実だった。

ぜーはー、ぜーはー、と乱れに乱れた呼吸を整えながら、額に滲《にじ》んだ汗を拭った。

正直なところ、耳元で囁かれるのはご褒美《ほうび》でしかないのだが、こうも唐突にやられると命がいくつあっても足りない。心臓麻痺《まひ》で死ぬ可能性も多いにあり得る。君鳥ちゃんを人殺しにしないためにも心臓を鍛える必要があるかもしれない……。

「ふふっ、先輩はホントにおちょくり甲斐《がい》があって楽しいですね」

「ぐぬぬ……」

心底楽しそうに目を細めて笑う君鳥ちゃんをジロリと睨《にら》み、オレは溜息《ためいき》を吐き出した。

おそらく、君鳥ちゃんにとってオレは異性の先輩ではなく、反応が面白い玩具《おもちゃ》なのだろう。

だからこそ、性的なおちょくりを躊躇《ちゅうちょ》なくできるのだ。

玩具として弄ばれていることに屈辱を覚えるべきか、むしろ、悦《よろこ》ぶべきか……。

「と、ともかく！　君鳥ちゃんがぐっすり眠れるように色々と試すぞッ」

オレは強引に話を元に戻し、君鳥ちゃんと向かい合った。

「まずは……そうだな。ラーメン食べて腹が膨れて、深夜徘徊《はいかい》をして適度な運動をしたことだし、リラックスできるムードを作ってみるか」

「リラックスできるムード、ですか？」

「ああ」

「いやらしいムード、ではなくて？」

「当たり前だ！」

テンポよくツッコミを返した後、オレはスマホを取り出して音楽アプリを起動した。

「先輩お得意の音声作品ですか？」

オレの手元を覗《のぞ》き込むように君鳥ちゃんは身を乗り出した。丁度、オレの顔の下に君鳥ちゃんの頭がある状態で、非常に危うい体勢だ。しかも、君鳥ちゃんの髪が良い匂い過ぎて頭がぽわぽわしてしまう。

いかん、いかん……と、何とか心の中で自分を戒めて煩悩《ぼんのう》を無理やり鎮《しず》め込んだ。

「……お、音声作品も最高だが、まずは環境音を試してみるか」

「環境音？」

「ああ、雨の音とか川のせせらぎとか、いわゆる自然の音だ。ヒーリング効果でリラックスして安らかに眠れるようになるんだ」

「でも、先輩には効果なかったんですよね」

「うぐ」

核心を突かれてオレは思わず呻《うめ》き声を上げた。

「確かに、オレには効果がなかったが……それは、その、アレだ。オレの不眠症は瑞城《みずしろ》さんへのトラウマが原因だったからだ。そういう外的要因がなければ、環境音のヒーリング効果は意味あるんじゃないかな。たぶん」

それっぽい理由を何とか絞り出し、オレは必死に弁明した。

「成程」

どうやら君鳥ちゃんは納得してくれたようで一安心だ。

「先輩が必死というのは伝わりました」

前言撤回。

「ふふっ、しょんぼりした顔しないでください。大丈夫ですよ、先輩。折角ですから環境音試してみましょう」

「いいのか？　……いや、しかし、無駄に時間を浪費するだけかもしれないが――」

「しかしもカカシもバッカルコーンです」

オレの迷いを問答無用に一蹴し、君鳥ちゃんは表情を柔らかく綻ばせた。

「それに、もしかしたら私には効果てきめんかもしれないじゃないですか。何事もやってみなきゃわかりませんよ？」

「……そうだな」

頷《うなず》いたオレを満足気に眺め、君鳥ちゃんは再び身を乗り出した。またしてもオレの手元のスマホに顔を寄せて、良い匂いを漂わせてくる。オレをおちょくるために密着しているのか、それとも、オレのことを異性として気にしていないせいで油断しているのか。確信の小悪魔か、天然の小悪魔か……どちらにせよ、センシティブな状態であることに代わりはない。般若心経《はんにゃしんぎょう》、般若心経……。

「どんな環境音があるんですか？　どれどれ」

　煩悩を鎮めるために脳内で般若心経を唱えているオレのことなどお構いなしのようで、君鳥ちゃんは勝手にオレのスマホを操作して環境音プレイリストを確認した。

「雨の音、川の音、滝の音、海の音、雷の音、風の音、鳥のさえずり、秋の虫の音。へー、色々あるんですね。わわ、なんですかコレ？　本のページを捲《めく》る音、タイピングの音、万年筆で文字を書く音……。こんな音をわざわざ聴くなんて何だか面白いです」

　君鳥ちゃんは無邪気な子供のようなテンションで興味津々《きょうみしんしん》にスマホを眺めていた。

　オレにとっては雨の音も本のページを捲る音も聴き慣れた耳心地良い音だが、音フェチではない君鳥ちゃんにとっては未知の世界なのだ。だから、どれもこれもが新しい発見ばかりで楽しくてたまらないのだろう。……音声作品に出会ったばかりの頃、オレもそんな気分になった覚えがある。

　微笑《ほほえ》ましい気持ちで見守っていると、突然、君鳥ちゃんはスマホを操作する指をピタリと止めた。

「どうした、君鳥ちゃん」

「先輩……これ、何ですか」

　まさかエロい音声データを見られたのか、とオレは慌てふためいた。そして、何とか弁明の余地はないか、と脳細胞をフルスロットルで稼働《かどう》させながら、君鳥ちゃんが見ているスマホの画面を確認した。

しかし、そこに映っていたのはただの環境音プレイリストだった。焚火《たきび》の音、暖炉の音、鍋がグツグツ煮える音……どこを見てもエロい音声データはない。至って健全そのものだ。

なのに、君鳥ちゃんは妙に重苦しい雰囲気を醸《かも》し出《だ》していた。

「君鳥ちゃん？」

オレの問いかけに対し、君鳥ちゃんは数瞬黙り込んだ。が、すぐに顔を上げていつものように淡々とした口調で返事を口にした。

「すみません。見間違いだったみたいです」

そう言って君鳥ちゃんは平然とした態度でスマホを操作した。

「先輩……私、気づいてしまったんですけど」

またしても重苦しい雰囲気を醸し出して君鳥ちゃんは開口した。このままシリアス展開に突入するのか、とオレは心して身構えた。

「雨の音、川の音、海の音、滝の音に始まって……コップに水を注ぐ音、水道から水が流れる音、炭酸水を注ぐ音、氷が入っているグラスに水を注ぐ音、水がこぼれる音……と、先輩のプレイリスト、水の音が多いですよね？」

「え？　ああ……確かに、そうだな。まぁ、水の音は聴いていて気持ちが良いし——」

「やはり、そういうことですか」

君鳥ちゃんは犯人を追い詰めた名探偵の如《ごと》き気迫と共に、コップに水を注ぐ音を再生した。

——しょろろろっろろろろろろっ。

「ふふんっ」

君鳥ちゃんは圧倒的ドヤ顔でオレを見据えた。

え。

え？

何でドヤ顔してるんだ、この子？

全く見当が付かず、脳内にクエスチョンマークだけが無限増殖する。ただ、わかるのはドヤ顔の君鳥ちゃんが可愛《かわい》いことだけだ。

「以前、先輩がシャワーを浴びている時に私が乱入しておしっこをしましたよね」

「え、ああ……うん」

「その時、先輩は耳を塞いで音を聴かなかった、と言いました。そして、私は先輩の言葉を信じました。……ですが、それは間違いでした。信じた私が愚かでした」

「ちょ、ちょっと待て！　何を言っているかチンプンカンプンなんだが……」

「しらばっくれなくていいですよ、先輩。あの時、耳を塞いでいたなんて嘘《うそ》ですよね。私のおしっこの音をバッチリ聴いていましたよね。ほら、白状してください」

「白状するも何もオレは本当に耳を塞いで――」

君鳥ちゃんはスマホを突き付けてオレの言葉を遮った。

「証拠はコレです」

君鳥ちゃんは再びコップに水を注ぐ音を再生した。

――しょろろろっろろろろろろっ。

「ふふんっ」

再び君鳥ちゃんの圧倒的ドヤ顔が炸裂した。

「……いや、証拠の意味がわからんのだが」

「はー？　往生際《おうじょうぎわ》が悪いにもほどがありますよ、先輩。この音、水をコップに注ぐ音、おしっこの音にそっくりじゃないですか」

あまりの暴論に返す言葉を失ってしまった。おしっこの音にそっくりじゃないですか、と真顔で言われてオレは一体どうすればいいんだ。というか、何言ってんだ君鳥ちゃん。

「プレイリストに水の音が沢山あるのも、そうです。雨の音も、川の音も、海の音も、滝の音も、先輩にとってはおしっこの音なんです。そう、先輩は水の流れる音を女子のおしっこの音だと脳内変換して興奮する性癖の持ち主なのです！」

名推理が決まった、とでも言いたげなやり切った表情で君鳥ちゃんは深く頷いた。

アホなんかな、この子……。

その後、君鳥ちゃんのアホな誤解を解くのに小一時間ほどかかりました。

★　★　★

「さて、今日はどうしましょうか」

先程までのおしっこの音論争を完全になかったことにしたようで、君鳥ちゃんは澄ました顔で平然と仕切り直した。

「……そうだな」

ここで環境音を試すと言うと話が元に戻って君鳥ちゃんを変に辱《はずかし》めてしまう可能性がある。……君鳥ちゃんを辱める、ということにドキドキしないでもないが、後で何をされるかわかったモノではない。ここは素直に別の方法を試してみるのが安牌《あんぱい》だろう。

「連想式睡眠法はどうだ？」

「耳かきがいいです」

オレの提案を刹那の見切りでなかったことにして、君鳥ちゃんは朱色の耳かき棒を取り出した。

「以前、耳かきされていた先輩とっても気持ち良さそうだったので、私もしてもらいたいです」

「耳かき、か……」

君鳥ちゃんに散々に耳の中をいじくり回されたセンシティブな記憶が蘇《よみがえ》り、オレは震え上がった。

アレを今度はオレが君鳥ちゃんにやる？　いいのか、それ……。

「ほらほら、先輩」

君鳥ちゃんは遊園地のアトラクションを愉《たの》しむ子供のように嬉々《きき》とした態度でオレに耳かき棒を手渡した。

「私の穴に先輩の棒を突っ込んで気持ち良くしてください」

「発言に恥じらいを持て！」

というか今の発言は女子のからかいというより、おっさん臭さが強いぞ……。と、辟易《へきえき》しているオレを尻目に君鳥ちゃんは近くにあったブランケットを手に取った。

「失礼しますね」

「へ？」

あぐらをかいているオレの脚の上——もはや、ギリギリ股間の上——に畳んだブランケットを置き、君鳥ちゃんはしれっと寝転がった。

オレの下半身に君鳥ちゃんが身を委ねている、という迫力満点の光景に頭がクラクラする。般若心経、般若心経、般若心経……。

「私、初めてなので痛くしないでくださいね」

「だから、意味深な言い方をするんじゃない。他人に耳かきをしてもらうのが初めて、ってことだろ」

と、わかってはいつつも君鳥ちゃんの発言にドキドキした自分が情けない。

「……ふぅ。よし、やるぞ」

深呼吸をして精神を整え、耳かき棒をキュッと握り締めた。

耳かき音声作品は数えきれないほど拝聴してきたが、まさか自分が他人の耳かきをすることになろうとは思ってもみなかった。相手が君鳥ちゃんだからということを抜きにしても緊張で手汗がヤバい。鼓膜を傷付けたり怪我《けが》させたりしないよう細心の注意を払わなければ……。

そして、オレは意を決して耳かき棒を君鳥ちゃんの耳の中に挿し入れた。

そーっと、そーっと。痛くないようにできる限り力を込めず、耳の内側を撫《な》でるように……いや、優しくなぞるようにゆっくりと耳かき棒を動かした。

…………ずり。

「んっ」

耳かき棒でなぞると同時に君鳥ちゃんはか細い吐息を漏らした。

今の声は、何だ？　痛かったわけではないよな？　痛かったらもっと大きい声を出すはずだよな？　文句を言ってくるはずだもんな？　大丈夫だよな？　このまま続行しても大丈夫だよな？　な？　な？　な？

君鳥ちゃんの耳の入り口付近に耳かき棒を挿し込んだまま、オレは逡巡《しゅんじゅん》を繰り返した。緊張と心配のせいで手がプルプルと震え、その度に耳かき棒が小刻みに揺れ動いた。

「ん……っ…………せ、せんぱい。耳かきするならちゃんと、やってください……っ。プルプル揺らされると……んっ、こそばゆくて仕方がないです……」

君鳥ちゃんは頬を微《かす》かに赤らめ、途切れ途切れの口調で訴えた。

「す……すまんっ」

これはちょっとセンシティブが過ぎるのでは？　と、オレは理性が崩壊しそうになりながら、必死に脳内で般若心経《はんにゃしんぎょう》をヘビーローテーションさせた。

色不異空。

……ずり……ずり。

空不異色。

……ずり……ずり。

脳内の般若心経のリズムに合わせてスローテンポで耳かき棒を動かし、君鳥ちゃんの耳の中を恐る恐る撫で回していく。

色即是空。

……ずり……ずり。

空即是色。

……ずり……ずり。

「せんぱい、ゆっくり過ぎですよ……っ。じ、焦《じ》らさないでくださいっ……」

「あ、そっか、すまん」

どうやら般若心経のリズムに乗り過ぎて耳かきを疎《おろそ》かにしてしまったようだ。煩悩《ぼんのう》を鎮《しず》めるためとはいえ耳かき中に耳かきを忘れるなど言語道断。反省を活《い》かして今度こそ耳かきに専念しなければ……と、耳かき棒に全神経を集中させて君鳥ちゃんの耳の中を駆け巡らせる。

ずりゅ。

ずりゅ、ずりゅ、ずりゅゅりゅりゅりゅ……ずりゅ。

「ふゃっ！」

「んんっ、んんっ、んんっんん……んっう」

どうやらオレの耳かきは悪くないらしく、君鳥ちゃんは目をギュッと閉じて気持ち良さそうな声を漏らし続けた。耳かき棒が耳の中をなぞり、撫で、カリカリすると、君鳥ちゃんもまた鳴き、唸《うな》り、ピクピクする。まるで耳かき棒と君鳥ちゃんの体が連動しているかのような一体感だ。

オレにされるがまま、オレの思うがまま、君鳥ちゃんは悶《もだ》え続けている。いつもクールで、表情が乏しく、淡々と喋《しゃべ》っている君鳥ちゃんがこんな姿を晒《さら》しているなんて……！

ごくり、と喉が鳴った。

君鳥ちゃんがいつもオレをおちょくる気持ちが何となく理解できた気がする。打てば響く気持ち良さ、敏感に反応してくれる愉しさ、これは確かに癖になる。サディスティックな感情がグッグッと湧き上がってくる。

「君鳥ちゃん、動くと危ないからジッとしてて」

ずりゅりゅ。

「んっう……で、でも」

「大丈夫、オレがちゃんと気持ち良くしてあげるから」

ぞりゅ……ぞりゅ……ぞ、ぞ、ぞー……ぞりゅ。

「んくっ……」

君鳥ちゃんは自分の口に手を当てて必死に声を押し殺し、今までで一番ピクピクと身悶《みもだ》えした。

……成程。ここが、君鳥ちゃんの一番弱い部分なんだな。

ぞりゅ、ぞりゅ、ぞりゅ。

「せ、んぱ……いっ。そこは、ダメ……それ以上しちゃ……んっ、ダメ……ですっ」

君鳥ちゃんに切ない声色で必死に抵抗されるも、サディスティックな感情に支配された今のオレに響くことはなかった。もはや、今のオレは煩悩さえも超越した耳かきの鬼。君鳥ちゃんの耳の中を快楽で蹂躙《じゅうりん》するという使命に命を燃やす修羅と化したのだ。

ずりゅ、ずりゅ、ずずりゅ、ずりゅ、ずずりゅ。

あえて君鳥ちゃんの一番弱い部分ではなく、その周りを執拗《しつよう》に攻め続ける。般若心経とは異なるリズムに乗せて、ひたすら焦らして、焦らして、焦らし倒す。

「ん……んぅ……ふ……っ……んぁ……」

そして、焦らしに焦らされた君鳥ちゃんが限界に達しそうになった瞬間——ぞりゅる。

と、一番弱い部分を優しく撫で上げた。

「——んぁッ……ぅっ……ぁっ！」

とろける表情で体をビクンビクンと仰《の》け反《ぞ》らせて君鳥ちゃんは耳かきの快楽に散った。

「……はぁ、はぁ、はぁ」

乱れた呼吸を整えつつ、オレは達成感をひしひしと噛《か》み締《し》めた。しかし、やり切った反動か、一気にサディスティックな感情が消滅し、代わりにおどろおどろしい罪悪感が芽生え始めていた。

耳かきに夢中になるあまり、オレは君鳥ちゃんをいじめ抜いてしまった……。

「君鳥ちゃん……大丈夫？」

おどおどと問いかけたオレに反応し、君鳥ちゃんは勢いよく起き上がった。

「だ、大丈夫ですけど？　別に、何も、何ともないですけど？　先輩に……心配される筋合いはないですけど？」

早口で何度も念を押す君鳥ちゃんの顔はかつてないほど真っ赤に染まっていた。誰がどう見ても強がりなのは明らかだった。前髪はぐしゃぐしゃに乱れているし、全身汗でびっしょりだし、汗でほんのりと透けたTシャツの胸元が大変けしからんことになっているし。

「……すまん」

「謝られる意味がわからないんですけど？　あー、もしかして……私がビクビクしちゃったのが自分のせいだと思っているんですか？　ふ、ふふ、ふふふ……あ、あんなの全然何ともないですから。というか、全部まるっと演技ですから。……ね！」

念を押すように君鳥ちゃんは凄《すご》んだ。

「君鳥ちゃん……」

「そんな憐《あわ》れむような目で見ないでくださいっ」

オレの視線から逃げるように君鳥ちゃんはそっぽを向き、「……こんなはずじゃなかったのに」と小さな声で呟《つぶや》いた。

「……汗びしょびしょなのでシャワー浴びてきますねっ」

そう言って君鳥ちゃんは脱兎《だっと》の如《ごと》き速さでバスルームに走り去って行った。

…………今回の出来事はオレの心の奥深くに封印しておくことにしよう。

★　★　★

オレは般若心経を唱えながら君鳥ちゃんがシャワーから出るのを待ち続けた。

女子の部屋の中心で結跏趺坐《けっかふざ》をして般若心経を呟き続ける男……というのは我ながら気持ちが悪過ぎてビックリする。何らかの怪異として取り上げられそうな不気味さだ。

だが、これはかりはしょうがない。

君鳥ちゃんの部屋に一人取り残された状況下では下手に気を抜くと煩悩《ぼんのう》に支配されかねない。それに、君鳥ちゃんがシャワーを浴びているというのも煩悩炸裂《さくれつ》に拍車をかける。

般若心経を唱えなければやってられないほど誘惑が多過ぎるのだ……。

と、無我の境地に辿《たど》り着《つ》くためにブツブツ唱えていると、バスルームから君鳥ちゃんの声が聴こえてきた。

「せんぱーいっ、ちょっといいですかー」

「え、あ、ああ！　大丈夫だが……ッ」

バスルームから響く声色に無性にドキドキしてしまい、鎮めたばかりの煩悩が危うく復活しそうになった。

「さっき、お風呂《ふろ》に慌てて直行しちゃったので着替えもタオルも何もなくて……。置いてある場所は教えますので、持ってきてもらえないでしょうか？」

「ああ、わかった」

……というかオレ、裸の君鳥ちゃんと現在進行形で会話しているのでは？　姿が見えないとはいえ中々にいかがわしい状況なのでは？　って、いかん、いかん！　君鳥ちゃんが困っているのにオレは何を考えているんだ。般若心経、般若心経。

「それじゃあ、お願いしますー」

そうして君鳥ちゃんから教わった着替えとタオルを求めてオレは立ち上がった。

必要なモノはタオルとTシャツとショートパンツと……パンツ。寝る時は鬱陶しいのでブラジャーは付けないらしい。ノーブラの君鳥ちゃんを思わず想像してしまい、見事に煩悩が完全復活を遂げてしまった。

それでもオレは必死に煩悩を制御してタオルとTシャツとショートパンツを用意した。

あとは、パンツのみ。パンツを手にすればミッションコンプリートだ。

「落ち着け……落ち着け……変なことを考えるんじゃないぞ、オレ」

自分に言い聞かせながら、パンツの入っている引き出しを開けた。

「……アョォ」

視界に飛び込んできた魅惑の光景にたまらず気持ち悪い呻《うめ》き声が漏れ出てしまった。

引き出しの中は綺麗《きれい》に丸められたパンツがミッチリと敷き詰められている。

ピンク、ブルー、グリーンといった色鮮やかなパンツ。縦縞《たてじま》柄、ハート柄、ドット柄といった華やかなパンツ。白、黒、グレーといったシンプルなパンツ。……と、多種多様でカラフルなパンツが敷き詰められた光景はまるで高級なお菓子のようだった。

…………つい、見惚《みと》れてしまっていたことに気づき、オレは身を震わせた。これは眼福過ぎて逆に、目に毒だ。煩悩無限増幅装置だ。さっさと事を済ませてこの場から離れなければ、煩悩が爆発して何をしでかすかわかったものではない。

と、パンツを素早く手に取ろうとした瞬間、ふと気づいてしまった。

オレは今、何も考えずに直感でグリーンのパンツに手を伸ばした。グリーンのパンツ、果たしてそのパンツでいいのだろうか。グリーンのパンツで大丈夫なのだろうか。

柔らかそうなコットン地のグリーンのパンツをジッと見つめたまま、オレは苦悩する。

無数にあるパンツの中から、どのパンツを選ぶべきなのか。それが問題だ。

仮に、オレが無作為にパンツを選んだとしても、君鳥ちゃんはオレが何故《なぜ》そのパンツを選んだのか詮索するかもしれない。そのパンツを選んだ理由、そのパンツに込められた意味、そのパンツに馳《は》せた思い、それらを君鳥ちゃんが考えるとしたら……下手なパンツを選ぶわけにはいかない。

これはつまり、オレの性癖《センス》が問われているということだっ……！

一旦、グリーンのパンツから手を離してオレは頭を抱えた。

まず、目につくのは純白のパンツだ。シンプルでオーソドックスなパンツだが、逆にエロく思われるかもしれない。無難を求めて失敗することほど無様なこともない。ならば、純白は除外するべきだろう。

可愛《かわい》らしいパステルピンクのパンツ。これも純白に次いで王道だ。しかし、ストレートなエロスを感じるのも事実。除外する方が安全だ。

英字が全面にプリントされたパンツ。成程、これは中々トリッキーでいいかもしれない。だが、あえて変化球を投げるのは妙にエロい気もする。普通とは違うオレ、という痛い空気感が漂う恐れもあるので除外しておくべきか。

君鳥ちゃんだから黄緑色のパンツ。洒落《しゃれ》が利《き》いていて個人的にはアリだが、おそらく君鳥ちゃん本人は幼少期から黄緑色ネタを散々されてきただろう。飽き飽きしているネタをドヤ顔で言われることほど寒いモノはない、除外だ。

爽やかなブルーのパンツ。クールな君鳥ちゃんに凄く似合うと思う、ナイスなチョイスだ。だが、似合うパンツを本気で選んできた、と思われてドン引きされる可能性がデカい。

残念だが除外しておこう。

最初に選んだグリーンのパンツ。派手過ぎず、エロ過ぎず、無難過ぎず、丁度良《い》い塩梅《あんばい》の落ち着いた緑色。黄緑色ではないので寒いダジャレも回避できる。全ての問題点を回避できるベストなパンツだ。…………が、だからこそエロくて変態っぽい気もする。

うぐぐぐ、考えれば考えるほど全てのパンツがエロく見えてくる。どれを選んだとしても結局危険性は変わらない。だったら、いっそのこと開き直って自分の好み全開のパンツを選んだ方が潔《いさぎよ》いかもしれん。

と、諦めかけた瞬間、脳髄に凄《すさ》まじい電流がほとばしった……！

「……そうか！」

そもそも、オレは間違っていたのだ。

パンツはエロス。

そう、パンツとは元来エロいモノなのだ。そもそも、エロくないパンツなど存在しない、矛盾の極みだったのだ！　直球なエロス、変化球なエロス、それらのアプローチの違いに差はあれど全てのパンツはエロスに通ず！　それが真実、圧倒的な現実なのだッ！

パンツはエロス、ならば、オレは諦めるしかないのか？　どのパンツを選んでもエロスの烙印《らくいん》を押されるのなら開き直ることしか方法はないのか？

答えはＮＯ！

コペルニクス的転回！

全てのパンツがエロスに通ずるのなら、パンツを選ばなければいい。そう、オレはあえてパンツを選ばない！　パンツを選ばなければエロスは発生しない！　これこそがオレの導き出した究極の境地！

答えはノーパン！

勝った……と、オレは確信した。君鳥ちゃんの仕掛けてきた悪魔の選択にオレは唯一無二の答えを叩《たた》きつけるのだ。これには流石《さすが》の君鳥ちゃんも敗北を認めざるを得ないだろう。

そして、オレはタオルと着替えを持ってバスルームの前に堂々たる態度で向かった。

「君鳥ちゃん、お待たせ」

バスルームの扉一枚を隔てた向こうに裸の君鳥ちゃんがいることに大変ドギマギしつつ、平静を取り繕ってオレは会話を続けた。

「タオルと着替え、扉の前に置いておけばいいかな」

「はい、ありがとうございます。でも、随分時間がかかってましたけど、変なことしていませんよね？」

「無論だ」

むしろ変なことをしていないから時間がかかってしまったのだ。

「君鳥ちゃん、先に言っておく。オレはあえて、パンツを持ってこなかった」

「……は？」

「安心してくれ、Tシャツとショートパンツはちゃんと持ってきている。持ってきていないのはパンツだけだ」

「いや、あの、仰《おっしゃ》っている意味がよくわからないんですけど」

訝《いぶか》しむ君鳥ちゃんに対し、オレはパンツを選ばなかった経緯を事細やかに説明した。

「……というわけで、ノーパンこそがベストなんだ」

「アホなんですか」

「心外だな。いいかい、これがオレのコペルニクス的転回――」

「わけのわからないこと言ってないでさっさとパンツ持ってきてください！」

扉越しに君鳥ちゃんのプレッシャーを感じ取り、弁明の余地すら失ったオレは恐れをなしてパンツを取りに戻った。

その後、着替え終わった君鳥ちゃんにノーパンを強要する変態としてしばらく軽蔑されたのは言うまでもない。

★　★　★

窓から燦々《さんさん》と朝日が差し込み、ベッドの片隅でぐちゃぐちゃに積まれている無数のぬいぐるみ達を明るく照らす。時刻は七時。すっかり朝だ。

「……ふあぁ〜」

欠伸《あくび》とも溜息《ためいき》ともつかない謎の息を吐き出し、オレはガラスのローテーブルの前に腰を下ろした。そして、君鳥ちゃんがくれたツナマヨおにぎりをモグモグと食べ始めた。

結局、オレ達は一睡もできなかった。おしっこの音論争やら、センシティブ耳かきやら、パンツ騒動やら、色々とあったから眠っている場合でもなかったのだが……。

「なんというか、その……深夜テンションで暴走して、すまん」

ベッドの上でちょこんと体育座りをしている君鳥ちゃんを一瞥《いちべつ》し、オレは頭を下げた。

サディスティックな感情に支配されて君鳥ちゃんを耳かきでいじめ抜いてしまったのも、ノーパンこそがベストという答えに至ったのも間違いなく深夜テンションのせいだった。

「ふふっ、大丈夫ですよ。私も深夜テンションで変なこと言っちゃいましたし」

おそらく、おしっこの音のことを言っているのだろう。確かに、あの迷推理はアホ過ぎてドン引きしてしまった。

「それに、先輩が暴走するのは毎度のことですから」

「面目ない」

平謝りするオレを見据え、君鳥ちゃんは穏やかに唇を緩めた。

「謝らなくて大丈夫ですってば。私の不眠はどうしようもないことなんですから」

君鳥ちゃんはあっけらかんと言ったが、その言葉には諦めの色が滲《にじ》んでいるような気がした。

「……どうしようもないってことはないんじゃないか？　例えば、オレみたいに不眠症の原因を克服したらアッサリ眠れるようになるかもしれないし。なぁ、君鳥ちゃん、何か心当たりはないのか？」

「不眠症の原因……」

オレの問いかけに対し君鳥ちゃんは顔を伏せて表情を曇らせた。

「あ、すまん。デリカシーのない質問をしてしまった。忘れてくれ」

言いたくないことを無理やり問いただすのは余計に追い詰めてしまう。君鳥ちゃんの不眠症を治す生活はまだ初日、始まったばかりだ。いくらでも時間はある。君鳥ちゃんが話せるようになるまで待てばいいのだ。気楽にのんびりいこう。

「そうだ、明日は今度こそ連想式睡眠法を試してみようぜ」

「もういいです」

「おいおい、君鳥ちゃん。何事もやってみなくちゃわからな――」

「もういいですから」

そう言って君鳥ちゃんはタレ目を精一杯吊り上げてオレを睨《にら》み付《つ》けた。

「もういいって、どういう意味だよ」

「これ以上私に付き合わなくていい、って意味です」

「な、なんだよ突然……」

「今日一緒に夜を過ごして改めてうんざりしたんです」

心の底から軽蔑し、拒絶するような君鳥ちゃんの眼差《まなざ》しを見てオレは思考をフル回転させた。君鳥ちゃんをここまでうんざりさせてしまうなんて、オレは一体何をやらかしてしまったんだ……？

やっぱり、おっぱいをガン見してしまうことが不快だったのだろうか。それとも、ショートパンツの隙間からパンツが見えないか凝視していたことが気持ち悪かったのだろうか。あるいは、添い寝している時にこっそり匂いを嗅いでいたのがバレていたのだろうか。

くそっ……心当たりが多過ぎてどれから謝ればいいのかわからん！

「と、ともかく、すまんっ！」

床におでこをくっつけてオレは必死に謝罪の言葉を口にした。どれから謝ればいいのかはわからないが、それでも、オレは我武者羅に謝り続けた。

しかし、君鳥ちゃんにオレの謝罪は何一つ響いていなかった。

「先輩、勘違いしないでください」

「え？」

「私がうんざりしたのは先輩じゃないです。私自身です」

冷淡な声色だった。

その軽蔑はオレに向けられたモノではなかった。

その拒絶はオレを踏《ふ》み躙《にじ》るモノではなかった。

それは……オレ自身が軽蔑されて拒絶される以上に苦しい現実だった。いつものようにオレをおちょくって、見下して、バカにして、いじり倒して、冷ややかに笑ってほしかった。そんな、くすんだ表情をしてほしくなかった。

……この先の言葉を聞きたくない、と切に思った。

…………でも、聞かなくちゃいけない、と腹を括《くく》った。

最初の夜に君鳥ちゃんを信じると決めたのだから。

「うんざりした理由を教えてくれ、君鳥ちゃん」

「……本当に聞きたいんですか？」

「ああ」

力強く頷《うなず》いたオレの姿を瞳に映し、君鳥ちゃんは「楽しい話ではないですよ」と自虐的な引きつった笑みを浮かべた。

「四年前。私が小学生の頃、実家が火事になったんです」

部屋の片隅で真っ赤に異彩を放つ消火器を一瞥し、君鳥ちゃんは過去の出来事を淡々と語り始めた。

「隣の家で火事が起きて、それが私の家にまで燃え移って……」

君鳥ちゃんは歯をカタカタと震えさせて縮こまった。トラウマを思い出すことで体が拒絶反応を起こしているのだろう。顔は恐怖で青ざめ、体は小刻みに震え続けている。見るに堪えない姿だった。

それでも、君鳥ちゃんは懸命に言葉を紡《つむ》いだ。

「私も家族も、みんなが眠っている真夜中でした……。突然、バチバチってすごい音が聞こえて私は目を覚ましました。……あの時の感覚を一生忘れません、いいえ、忘れられません」

そこまで言って、君鳥ちゃんは目をギュッと閉じて言葉を途絶えさせた。

もう喋《しゃべ》らなくていい、思い出さなくていい、そんな言葉が喉元まで出かかった。トラウマを思い出して苦しむ君鳥ちゃんを見ているのは辛《つら》いから。こんなことなら、不眠症の原因なんて知らなくていい。何だったら、不眠症のままでいいじゃないか。それが君鳥ちゃんのためならば……とさえ、思ってしまった。

だが、オレは寸前のところで思いとどまった。

君鳥ちゃんのため？　そんな言葉は薄っぺらい綺麗事《きれいごと》だ。要は、苦しむ君鳥ちゃんの姿を見るのが辛いという自分のためじゃないか。本当に君鳥ちゃんのためを思うのなら、最後まで聞いて受け止めるべきだ。

あの日の夜、君鳥ちゃんがオレを受け止めて、寄り添ってくれたように。

「……ふー。…………すみません、ちょっとボーッとしちゃって。続き、話しますね」

「ああ、頼む」

血が滲むほど唇を噛《か》み締《し》め、オレは力強く頷いた。

「凄《すご》い音で目を覚ますと、部屋が燃えていました。真っ赤な炎が轟々《ごうごう》と辺り一面を焼き尽くしていて、一瞬、嘘《うそ》なのかな……って思うほどでした。だって、あんな炎、ゲームとか映画とかでしか見たことがなかったから。でも、異常なほどの部屋の熱さと、飛び散った火花が腕を掠《かす》った痛さで私はこれが現実なのだと思い知りました」

酷《ひど》く憔悴《しょうすい》しきった表情で君鳥ちゃんは虚空《こくう》を見上げた。きっと、その瞳には四年前のおぞましい炎が映っているのだろう。

「炎が爆《は》ぜる音、焼け焦げた臭い、どこにも逃げ場のない絶望……私は炎の海の中でただひたすら怯《おび》え続けていました。………でも、しばらくして消防士の人に救出してもらい、事なきを得ました。家は全部燃えちゃいましたけど、怪我《けが》もなく、お母さんもお父さんも家族全員無事だったのは本当に良かったです」

火事のトラウマを話し終え、少しずつ楽になってきたようで君鳥ちゃんの表情はいつもの穏やかさを取り戻しつつあった。

「火災保険に入っていたので生活が苦しくなることもなく、家も建て直して、平穏な生活が戻ってくる………と、思っていました。いえ、私以外の家族はみんな平穏な生活を取り戻しました。ただ、私だけ、あの時の火事を忘れることができなくて」

瑞城《みずしろ》さんに電話越しに言われた言葉を延々と脳内でループし続けていたオレと同じだ。君鳥ちゃんも火事のトラウマが蘇《よみがえ》って、そのせいで眠れなくなったのだろう。告白をすることで克服できたオレとは違い、火事のトラウマなんてどうすればいいんだ……とオレは頭《こうべ》を垂れた。

その時、君鳥ちゃんはオレの考えを根本から覆《くつがえ》す言葉を発した。

「なーんて！　先輩、心配しないでください。火事のトラウマで不眠症になったわけじゃありませんから」

「え……？」

「ふふっ」

いつものように悪戯《いたずら》っぽい笑顔で……いや、いつもとはどこか違う悪魔じみた笑顔で君鳥ちゃんは開口した。

「確かに、火事のトラウマがフラッシュバックするのは事実です。でも、だから眠れないんじゃないんです。むしろ、私は自らの意思で眠らないんです」

眠れないのではなく、眠らない。

似て非なる不眠。

それはまるで、オレと君鳥ちゃんの間に引かれた絶対的な境界線のように思えた。

「みんなが寝静まった夜になると怖くなるんです。また火事が起きたらどうしよう、今度は眠っている間に死んでしまうかもしれない、って。情けないですよね。でも、どうしようもないんです。静かな夜に眠るのが怖くて怖くて仕方がないんです」

「……だから眠らない、ってことか」

「はい。眠らなければ、いつ火事が起きても大丈夫ですから」

初めて出会ったあの日、自分は眠らなくていい人間だ、と君鳥ちゃんは言った。それは睡眠が必要ない特別な人間という意味ではなく、夜に眠らない人間という意味だったのだ。

「そうか……学校で眠っていたのは周りに人がいるからか」

「へぇ、先輩のくせに目ざといですね。……そうです。日中、静かな保健室ではなく、騒がしい休み時間の教室で眠るのは周りに人が沢山いる安心感があるからです。もし、その場で火事が起きても誰かしら私のことを起こしてくれるでしょうし、ね」

淡々と語った後、「ちなみに、学校が休みの時の睡眠スポットは駅のベンチとか商店街のフードコートとかの賑《にぎ》わっている場所です」と君鳥ちゃんは補足した。

人が沢山いる安心感……確かに、君鳥ちゃんにとってはそうかもしれない。だが、教室の机や駅のベンチなんかじゃぐっすりと眠ることはまず不可能。眠れたとしても浅い睡眠のはずだ。つまり、そこには君鳥ちゃんの真の安らぎはない、ということだ。

四年間の不眠。半年でさえオレは耐えきれないほど辛かったのに、その八倍もの間、君鳥ちゃんは一人で眠らない夜を耐えていたなんて……。

「家族には相談しなかったのか？　例えば……一人で眠るのが怖いなら、家族と——」

「相談しましたよ」

君鳥ちゃんは鋭い声色でオレの発言をぶった斬るように言葉を振り下ろした。

「でも、家族は見当違いの助言しかしてくれませんでした。火事のトラウマは理解してくれても、私が眠れないんじゃなくて眠らないことは全然理解できないみたいで……」

目を瞑《つぶ》っていれば人は自然に眠れるようになっている、と親に他人事《ひとごと》のように言われた時のことを思い出し、君鳥ちゃんの気持ちを痛感した。

「カウンセリングにも連れていってくれたんですけど、それもほとんど効果がなくて。……あ、でも、勘違いしないでくださいね。家族も、カウンセラーの先生も一生懸命歩み寄ってくれていましたから。悪いのは、私。そう、私が普通じゃないのが悪いんです」

自責の念に押し潰されてしまいそうなほど、その声色はあまりに細く、掠《かす》れきっていた。

「だから、家族に無理言って一人暮らしを始めたんです。普通に眠れる家族と一緒に暮らしていると普通じゃない自分が余計に惨《みじ》めに思えてしまうから……。家族に迷惑をかけてばかりで最悪ですよね」

「……それが、自分にうんざりした理由ってことか」

オレの言葉に君鳥ちゃんは儚《はかな》げな表情で頷き、そして、首を横に振った。

「勿論《もちろん》それも理由の一つです。でも、それ以上に大きな過《あやま》ちがあるんです」

「過ち？」

「はい」

一呼吸置いて、君鳥ちゃんは虚《うつ》ろな眼差《まなざ》しでオレを見つめた。

「私、先輩を騙《だま》していたんです」

君鳥ちゃんは感情を押し殺したような無表情で真相を告げた。

「先輩がぐっすり眠れるように手助けする、って言いましたけど……全部、嘘です。本当は、先輩が眠れないように妨害し続けていたんです。眠らない私とずっと一緒にいてもらうために。歯に衣着せぬ表現をすると――私の道連れにするために」

道連れ。

一瞬、オレは言葉が詰まって何も言えなくなった。

だが、君鳥ちゃんの発言には明らかな矛盾があることに気づき、オレは詰まった言葉を吐き出した。

「わけのわからんことを言って悪ぶるんじゃない！　オレはキミのおかげで瑞城さんに告白して不眠症を克服したんだぞ！」

「そう……それが一番の誤算でした。まさか、告白が失敗することで不眠症が治るなんて思ってもいませんでしたよ。まったく、先輩の常軌を逸したアホさ加減にはビックリです」

「冷静になって考えてみてくださいよ。桜の木の下で告白という古臭いジンクス、ダサ過ぎる上に似合ってない王子のコスプレ、ドン引き間違いなしの薔薇《ばら》の花束、すべり倒している最悪なセリフ……まともに告白を成功させるアイディアだと思いますか？」

「うぐ……」

こうして突き付けられると何一つ反論できない……。

「クソ告白で大失敗して、瑞城さんに全否定されて更なるトラウマを作らせて、二度と不眠症が治らない体にしてやろうと思っていたのに……なのに！　全否定されたことでスッキリして不眠症が治るなんて！　何なんですか、先輩！」

「え、えーと、何というか、すまん……」

君鳥ちゃんの勢いに呑《の》まれてつい謝ってしまったが、これって逆ギレでは？

「折角、わざとえっちな悪戯したり、おちょくったり、ハーブティーを飲ませたり、眠れないように色々と妨害してたのに！」

「ん？　ハーブティーはリラックス効果のためだったんじゃ？」

「利尿作用で先輩が眠りたくなるたびにトイレに行かせるためだったんです。なのに、私が利尿作用のせいで先輩におしっこの音を聴かれることになるなんて……っ」

「そ、そんな理由だったのか……というか、おしっこの音は聴いてないって言ってるだろ！」

いや、今はこんな問答はどうでもいいのか。火事のトラウマ、眠れないのではなく眠らない、オレを道連れにしようと騙していた、と立て続けに驚愕《きょうがく》の事実が明らかにされたせいでイマイチ脳が追いついていない。もっとショックを受けるべきなのかもしれんが……しかし、君鳥ちゃんに救われたのはオレにとって事実だしなぁ。

「別に先輩じゃなくても良かったんです。たまたま、あの日に出会って、少し会話したら都合のいいアホだとわかったから利用しただけです。ラリアット先輩のアホな噂《うわさ》は前々から知っていましたし。まぁ、ここまでのアホだとは思っていませんでしたが」

アホアホ言い過ぎだぞ、とツッコミつつオレは頭をポリポリと掻《か》いた。

「君鳥ちゃんにとっては誰でも良かったのかもしれんが、オレにとっては君鳥ちゃんで良かったぜ」

「は？　な、何ですかそれ？　こんなことされていたのに怒らないんですか？」

「まぁ、それなりにショックだな」

「それなり、ってなんですかッ」

「それなりはそれなりだ。カップ焼きそばを食べ終わった後に青のりをかけ忘れたことに気づいたくらいショックだ」

オレの発言に対し君鳥ちゃんは口をあんぐりと開けて固まった。もしや、君鳥ちゃんにとって青のりをかけ忘れることはそれなりではなく、相当なショックだったのだろうか。

「あー、青のりの喩《たと》えはなしにするわ。そうだな……ラーメンにメンマが入っていなかった時くらいのショック、ってのはどうだ？」

「ふざけないでくださいっ」

「ふざけてないさ。それなりのショックってのは事実だしな。というより、むしろ今まで不自然だった君鳥ちゃんの謎が判明してスッキリした気分だよ」

「ま、またスッキリ……！　ああ～、もう！　信じられないっ」

君鳥ちゃんは愕然《がくぜん》と項垂《うなだ》れ、ベッドをぺしぺしと叩《たた》いた。

「何なんですか、先輩は女子に酷いことを言われるとスッキリする変態なんですか……！」

確かに、瑞城さんに存在を全否定されてスッキリして、君鳥ちゃんに騙されていたことを明かされてスッキリしているので、君鳥ちゃんの言い分は正しい気がする。いや、スッキリの意味が違うので変態ではないのだが。

「不眠症の仲間が欲しいって気持ちは凄《すご》くわかるぜ。オレも君鳥ちゃんに受け入れてもらえて救われたし。何より、君鳥ちゃんと過ごす夜《よ》ふかしの時間は最高に楽しいからな」

「……私のこと、軽蔑しないいんですか」

「するわけないだろ」

即答したオレをギロリと睨《にら》み、君鳥ちゃんは唇を尖《とが》らせた。

「………本当、先輩ってアホですね」

君鳥ちゃんは気の抜けた声で呟《つぶや》き、頬を微《かす》かに綻ばせた。

「先輩のこと……ムッツリスケベの童貞クソ野郎だけど、いざとなると腰が引けて何もできない臆病チキンの仮性包茎マゾヒストだと思ってましたけど………優しいんですね」

「前置きが酷過ぎて優しいという褒め言葉の効果がほとんどないぞ」

君鳥ちゃんがおちょくってオレがリアクションを返す、いつもの調子が戻ってきた気がしてオレは嬉《うれ》しくなった。

「先輩……ごめんなさい。そして、ありがとうございます」

「ああ、気にするな。持ちつ持たれつだ」

オレの度重なるセクハラと天秤《てんびん》にかければ十中八九オレの罪の方が重いだろうしな。

「そう言ってくれて何だかホッとしました。……先輩に嫌われると思っていたので」

これで無事解決、万々歳だ。と、お気楽モードになっていたオレに対し、君鳥ちゃんは

Moon

目を伏せて淡々と言葉を続けた。

「でも、これでわかりましたよね。私は夜に眠らない、眠る気がない。だから、先輩が私をぐっすり眠らせることは不可能だってこと。そして、もう先輩が私のために無理して夜ふかしをする必要がないってことを」

「そ、それは……っ」

「先輩。夜になったらちゃんと眠って、気分爽快に朝起きて、健康的な普通の生活を送ってください。先輩は私とは違うんですから」

そう言って、君鳥ちゃんは切なそうに微笑《ほほえ》んだ。

「さようなら、先輩」

最終話「おやすみ、君鳥ちゃん」

さようなら、先輩。

……さようなら、先輩。

…………さようなら、先輩。

君鳥ちゃんの最後の言葉が脳内に延々と残響し、オレは真夜中の道端で頭を抱えた。

あの後、オレは何も言葉を返すことができなかった。

眠れなかったオレと眠らない君鳥ちゃん、二人を分かつ境界線はどうしようもない。

けれど、悔しかった。

君鳥ちゃんは火事のトラウマを抱えて、夜に眠ることを恐れて、寝不足のせいで日中はいつもイライラして、クラスでは孤立して、四年間孤独に生きてきた。そんな中、やっと一緒に夜ふかしができるヤツと出会ったのに、オレはアホな理由で不眠症を克服してしまい、君鳥ちゃんはまた一人になってしまった。

本来、君鳥ちゃんにとってオレは御しやすくて、容易《たやす》く見下せる都合の良《い》い道連れだったはずなのに。よりによって、そんなオレが君鳥ちゃんを更なる孤独に突き落としてしまったのだ。

オレのせいだ。

……と、自分を責めてもどうにかなるわけではないのが余計に辛《つら》い。

「はあ」

重々しく息を吐き出し、オレは住宅街の片隅にある小さな公園に辿《たど》り着《つ》いた。

深夜二時過ぎ、いつもの時間。

君鳥ちゃんが夜食のカップ焼きそばを食べる、いつもの公園。

さようならを告げられてから約二十時間、オレはひたすらに悩み、ウダウダと迷い、散々に考えあぐねた末、一つの答えに到達した。それは決して、君鳥ちゃんをスマートに救える妙案ではない。笑えるほどダサくて、酷《ひど》く普遍的で、しょうもない答えだ。でも、それでも、オレにはこの方法しか思いつかないから。

だから、腹を括《くく》って、覚悟を決めて、いつもの時間のいつもの公園を訪れた。

しかし、そこに君鳥ちゃんの姿はなかった。

古ぼけた滑り台と公衆トイレとベンチが一つ、それだけの狭苦しい公園で見落とす場所は存在しない。トイレは男女共用なので中を一応チェックしてみたが、そこにも君鳥ちゃんはいなかった。

この公園で大盛りのカップ焼きそばを食べるのが君鳥ちゃんの日課だ。雨の日は流石《さすが》に公園には行かないらしいが、今日は雨なんて一滴も降っていない。これから降る予報もない。即《すなわ》ち、深夜の公園でカップ焼きそばを食べるには絶好の夜食日和だ。

なのに何故《なぜ》、君鳥ちゃんはいないのか。

さようならの言葉が再び脳内で響き渡り、胸がジクジクと痛んだ。

何かあったのだろうか。それとも、本当にアレが最後の別れの言葉だったのだろうか。いや、今日はたまたまカップ焼きそばを食べる時間が遅くなっているだけだ。もう少し待てば公園に来るはずだ。もしかしたら、カップ焼きそばのおかわりを買いに行っているだけかもしれないし。

何の根拠もない希望にすがりつきながら、ＬＩＮＥでメッセージを送ってみても……何十分、何時間待てども既読すら付かなかった。電話を何回かけても結果は同じだった。

何の進展もないまま時間だけが残酷に過ぎていくことに耐えきれなくなり、痺《しび》れを切らしたオレは君鳥ちゃんの住むマンションに向かった。

五階建てのマンションの一階突き当たりまで慣れた足取りで進み、インターホンを鳴らした。が、返答はない。もう一度、もう二度、もう三度と連続で押してみるも結果は同じ。

ダメ元で再び電話をかけてみるも、やはり出ることはなかった。

マンションの表に回り込み、ベランダ側の窓から部屋の中を覗《のぞ》き込んでみたが、そこにも君鳥ちゃんの姿は見当たらなかった。ただ、無数のぬいぐるみ達がベッドの上に空《むな》しく転がっているだけだった。

いつもの公園にも、マンションにもいないなんて……。

ハリボテの希望が音をたてて崩れ、漠然とした不安が心の中に積もっていく。

こんな真夜中に君鳥ちゃんが他に行きそうな場所なんて見当もつかない。手当たり次第に捜し回ったとしても、入れ違いになる可能性を考慮すると得策ではないだろう。現に、今もマンションに来たせいで入れ違いになったかもしれないし……。

そこまで考えてハッとした。

だったら、最初からいつもの公園に絞って待ち続けるべきだ。たとえ今日は夜食を食べない日だったとしても、際限なく待ち続ければいつかは食べにくるはずだから。

極論なのは重々承知で決意を新たにして、オレは確固たる足取りで公園に向かった。

★　★　★

公園のベンチにぽつねんと座り、君鳥ちゃんが来るのをずっと待ち続けた。

君鳥ちゃんのいない夜はあまりにも静かで、心にぽっかりと穴が空いたような気分に陥った。日常が瓦解《がかい》し、世界が崩壊し、まるで時間が止まってしまったのかと思ってしまうほどに……。

しかし、そんなオレのメランコリックな心境など考慮することなく時間はどんどん過ぎていき、オレのセンチメンタルな感情などお構いなしに世界は動き続けていた。

所詮お前は社会の歯車ですらないのだ、と現実を突きつけられているようで無性に悔しくなった。

空がうっすらと白んで夜が明けていく。

名も知らない鳥の鳴き声がどこからともなく聴こえてくる。

新聞配達のバイクが公園の前を通り過ぎる。

犬の散歩をする老人と目が合い、妙に気まずくなった。

このまま何の進展もなく朝を迎えたとして、学校に行くべきか待ち続けるべきかどうかが悩ましかった。学校に行ったとしても君鳥ちゃんはいないかもしれないし、今度こそ本当に入れ違いになるかもしれない。

日中の公園に君鳥ちゃんが来る理由は見当たらないが、それでも可能性はゼロではないはずだ。……オレに会いにきてくれるかもしれないし。

やはり待ち続けるべきだ、と結論を出した頃にはすっかり夜が明けていた。

時刻は七時。夜食の時間をとっくに過ぎ、どこからどう見ても完全な朝だった。

凝り固まった体をほぐそうと屈伸をしようとした、その時。

「こんな朝っぱらに何してんだよ、半崎」

背後から溌剌《はつらつ》とした声をかけられ、オレはビクリと体を強《こわ》ばらせた。声のした方を振り返ると、ピンクの派手髪の男子高校生がニヤけ面《づら》で立っていた。

「外村……！」

親友との思いがけない出会いに目を見開き、オレは口をパクパクさせた。

「随分酷い顔してんなぁ。また、例の後輩ちゃんのことで悩んでんのか？」

「な、何故それを！」

情報通を極め過ぎて人の心の中まで覗き見ることができるようになったのか、とオレは親友の化け物っぷりに慄《おのの》いた。

「図星だったか。相変わらずお前はわかりやすいヤツだな」

「うぐ……」

わかりやすさを指摘されて狼狽《うろた》えるオレを見据え、外村はあくびをしながらベンチに腰を下ろした。

「ほれ」

外村は気の抜けたかけ声と共にオレの手元に茶色の紙袋を差し出した。

「これは？」

「たまご焼きサンド」

「たまご焼きサンド？　たまごサンドじゃなくて？」

「そんなことも知らないのか、カスめ」とでも言いたげな表情の外村に促され、オレは紙袋からサンドウィッチを取り出した。

成程。これは確かにたまご焼きサンドだ、とオレは納得した。

ふっわふわの食パンにサンドされているのはたまごサラダではなく、たまご焼きそのものなのだ。それも、食べ盛りのラグビー部の弁当にでも入っていそうな大きなたまご焼きが丸ごとガッツリだ。

ごきゅり。

下手なカツサンドより遥《はる》かにボリューム満点な厚みを目《ま》の当《あ》たりにして、思わず喉が鳴ってしまった。

「もらってもいいのか?」

「いいわけねぇだろ。わざわざ早朝のスーパーに並んで買った貴重な朝メシだぞ」

「じゃあ、なんでオレに手渡したんだよ!」

「見せびらかして優越感に浸りたかっただけだよ、ほれほれ~って」

外村は嫌みったらしい口調で言い、サンドウィッチを大事そうに紙袋にしまい込んだ。

唯一無二の親友ながら品性が下劣すぎる……世が世なら切り捨て御免だぞ、貴様。

「なぁ、半崎」

「なんだよ」

憤慨しているオレを無視して外村は真面目なトーンで言葉を続けた。

「覚えてるか。中学の時、いじめられていた俺をお前が助けてくれたこと」

「……ああ、覚えてるよ」

無策でいじめっ子に突撃して、当然の如《ごと》くボッコボコにされ、己の不甲斐《ふがい》なさに泣きじゃくり、いじめの被害者である外村に気を遣われ、最終的にはいじめっ子にさえ慰めてもらった……あの日の最悪な記憶はオレの数ある黒歴史の中でも上位にランクインしている。

ううっ、最近は瑞城《みずしろ》さんのトラウマばかり思い出していたから忘れかけていたが、こうして久しぶりにあの日の黒歴史を思い出すと死にたくなるな。

「お前はまるで変わらねぇが、俺はあの日から変わった」

「ぐぅ」

ぐうの音も出ないほどの現実を見せつけられてしまったが、このままだと悔しいのでとりあえずぐうの音だけは出しておいた。余計に惨《みじ》めな気がした。

確かに、外村は変わった。中学の頃はまるでイケてない陰キャのクソ野郎だったが、オレの黒歴史の日以降、突然髪の毛をピンクに染めて陽キャの世界にズカズカと踏み込んでいった。周りに煙たがられようと、バカにされようと、笑われようと、後ろ指をさされようと、めげることなくヘラヘラと笑って情報を集め続けた。

そして、外村は自他共に認める蔦見《つたみ》高校イチの情報通へと上り詰めたのだ。

千人を超えるＬＩＮＥ友達と頻繁に連絡を取り合い、誰とでも分け隔てなく交流し、いつも飄々《ひょうひょう》と笑っている。それはきっと、途方もなく大変なことのはずなのに、それでも外村は情報を集め続ける。…………二度と、いじめられないために。

情報はカーストを殺せるから。

何も変わらずアホで向こう見ずなオレとはえらい違いだ。

「俺が情報を集める理由は自分のためだけじゃない。もう一つ、大きな理由があるんだ」

呆《ほう》けているオレの顔を指さして外村はニヤリと笑った。

「それは、アホで向こう見ずで何も成長しない親友を助けるためさ」

「……オレのこと、か？」

「他に誰がいるんだよ、こんなアホ」

どこか照れ臭そうに半笑いを浮かべ、外村はスマホを取り出した。

「後輩ちゃんについて、軽く調べさせてもらった。お前も知っておくべきだろうから、一応情報を共有しておくぜ」

オレの肩をぽんぽんと叩《たた》き、外村は珍しく真面目な表情を浮かべた。

「後輩ちゃんは小学生の頃、明るくて、人気者で、クラスの中心だったそうだ」

あの君鳥ちゃんが明るくて、人気者で、クラスの中心？　にわかに信じられない情報にオレは驚愕《きょうがく》した。優しくて良い子なのは知っているが、クラスの中心になるようなタイプではないと思うのだが。

「当時のクラスメイトから送ってもらった証拠の写真だ」

と、外村はＬＩＮＥの画面に映し出された写真をオレに見せつけた。それは、小学生男女十数人が映る集合写真だった。その中央には小学生の君鳥ちゃんが満面の笑みで写っていた。

　こんな弾《はじ》けるような笑顔は見たことないが……印象的なタレ目に、今より少し短めのふわふわの髪の毛、そして小学生ながらに豊満なバスト、とその写真は君鳥ちゃん本人で間違いなかった。

「小六の三学期に家が火事にあったみたいでな。まぁ、後輩ちゃんも家族もみんな無事だったんだが……。火事のトラウマで塞ぎ込みがちになった後輩ちゃんに対し、クラスメイトは腫れ物に触るように接していったそうだ。子供ゆえの残酷さだな」

「腫れ物……」

　君鳥ちゃんが口にしていた「普通じゃない」という言葉が脳裏に瞬《また》き、オレは拳をギュッと握りしめた。

「その結果、後輩ちゃんとクラスメイトの溝はどんどんと深くなっていき、卒業と共に完全に疎遠になってしまった。そして、中学に進学してから後輩ちゃんは友達も作らず、部活にも入らず、誰とも接することなく、孤独を加速させて……今に至る、というわけだ」

　ズキズキと痛む胸を押さえ、怒りの矛先の見つからないもどかしさに打ち震えた。

「正直なところ、後輩ちゃんにこれ以上関わるのはおすすめしない」

　ちょっとやそっとの覚悟で手を差し伸べても大火傷《おおやけど》するだけだ、と言いたげな眼差《まなざ》しで外村はオレを一瞥《いちべつ》した。

「なぁ、半崎。後輩ちゃんのことは忘れてさ、好きな女性声優について熱く語り合おうぜ」

ヘラヘラと笑う外村に対し、オレは静かに――力強く言葉を返した。

「それは無理だ。オレは、君鳥ちゃんが来るのを待ち続ける」

「……………まぁ、そう言うだろうとは思ってたよ。お前、一度決めたら頑固だからな」

やれやれと肩をすくめ、外村はベンチから立ち上がった。

「待ち続けるってことは、ここで会う約束でもしたのか？」

「いや、約束はしていない」

ただ、公園で夜食のカップ焼きそばを食べるのが日課というだけだ。

「約束をしたわけでもないのに待ち続ける？　なんじゃそりゃ」

外村は呆《あき》れ返《かえ》りながらピンク色の髪の毛をわしゃわしゃと掻《か》き毟《むし》った。

「いつまで待つつもりだ？」

「いつまでも待つつもりだ」

オレの顔をまじまじと眺めて、外村は口角を緩めた。

「何だよ」

「青春してる顔だなぁ、って思ってさ」

確かに、オレと君鳥ちゃんの関係は青春と呼ぶのが相応《ふさわ》しいのかもしれない。不眠症を治すために真夜中の町を散歩したり、夜通しゲームしたり、告白の策を練ったり……。添い寝とか耳かきとかセンシティブなイベントが多いので清く正しい青春ではないのかもしれないが。

「後輩ちゃんは随分面倒くさそうな案件だが……まぁ、陰ながら応援するわ。お前の親友を長年やっているが、ここまでギラギラした目を見るのは初めてだからな。何か情報が必要だったら、いつでも言ってくれ」

チャラくて軽くて女好きで打算的で友情に篤いくせにたまに裏切るピンク髪の親友の顔をジッと見据え、オレも負けじと口角を緩めて笑ってみせた。

「ありがとう、外村」

★　★　★

君鳥ちゃんを待ち続けて幾星霜《いくせいそう》。

とっくに正午を過ぎた炎天下の公園で一人、オレはベンチで項垂《うなだ》れていた。

「……あちぃ」

たまらず弱音が漏れてしまうほど、今日はうだるような暑さだった。人の気持ちも知らないで燦々《さんさん》と照りつける太陽が憎々しい。まだ六月に入ったばかりだというのにどうなっているんだ、と地球に文句の一つや二つ言いたくなってしまう。

下敷きをうちわ代わりに扇ぎつつ、生ぬるいミネラルウォーターで喉をねっとりと潤してみるも、まさに焼け石に水。ただでさえ三十時間以上起きっぱなしでしんどいというのに、更に汗が止《と》めどなく溢《あふ》れてどんどん体力が奪われていく。

眠気と暑さと空腹という三重苦に苛《さいな》まれ、このまま放っておいたらネガティブ思考が大爆発を起こす危険を感じ取り、オレは慌てて気分転換という名の現実逃避を試みた。

まずは、公園から見える範囲の景色をぼーっと眺め尽くす。

レトロなビビッドカラーが余計に古臭さを感じさせる滑り台。個室が一つあるだけの男女共用の公衆トイレ。味のあるヘンテコなイラストが描かれた謎の看板。無秩序にワサワサと生い茂った草むら。一輪車の轍《わだち》がうっすらと残った地面。……どれもこれも大して興味を引くものではなく、ただただ退屈な虚無感が膨れ上がっていく徒労でしかなかった。

お次は、面白いものでも見つからないかとリュックサックの中を漁《あさ》ってみた。着替え用のジャージ、筆記用具、飲みかけのミネラルウォーター、外村にもらった知らないアニメの缶バッジ、くしゃくしゃになったレシート、外村に押しつけられた知らないＶＴｕｂｅｒのクリアファイル、外村に無理矢理渡された昔の一発屋芸人のキーホルダー。……しょうもないものばかりで、ただただ外村への苛立《いらだ》ちが募るだけだった。

気分転換も現実逃避もままならず、ダメ元で君鳥ちゃんに何度か電話をかけてみるも当然の如く出なかった。勢いに任せて長文ＬＩＮＥを送ろうとしてみたところ、そうこうしている間に充電がなくなって電源が切れてしまった。

こういう時に限ってモバイルバッテリーを持ってきていない要領の悪さ。急いで家に取りに帰っても、もしかしたら君鳥ちゃんと入れ違いになるかもという不安が渦巻いてしまうのでスマホは渋々諦めることにした。

「はぁ」

ため息を吐《つ》いたのと同時にぽつぽつと頭が濡《ぬ》れたのを感じ、慌てて空を見上げた。さっきまでは暴君の如き太陽が輝いていた青空が見るも無惨《むざん》に禍々《まがまが》しい灰色に覆われている。

これくらいの雨なら汗を洗い流してもらえるのでありがたい、とポジティブに捉えてみたものの雨脚は強まる一方で、あっという間に土砂降りの大雨となってしまった。滝行の如く、汗どころか煩悩《ぼんのう》すら洗い流してしまいそうな勢いだ。

トイレの中に避難することも考えたが、逆にこの状況を愉《たの》しむ手を考えてベンチに深く座り直した。そして、右足を左の太ももの上に乗せ、クロスさせるように左足を右の太もも上に乗せて結跏趺坐《けっかふざ》を組んだ。

これで完全に滝行そのものだ。

それにしても、誰かを待っている最中に大雨が降るなんて、まるで映画のラストシーンみたいじゃないか。ここで主題歌のピアノアレンジでも流れたら最高だろう。

もっとも、この先に感動のフィナーレが待っているのかどうかは定《さだ》かではないが……。

それでも、オレは君鳥ちゃんが来るのを待ち続ける。何時間、何十時間、何日でも、いつまでも。

幸い、眠らないことには慣れている。

★　★　★

君鳥ちゃんを待ち続けて二日目の夜が明け、二度目の昼が過ぎた。

ベンチの上で結跏趺坐をしたまま、爽やかな青空を見上げた。昨日あれだけ降っていた雨はすっかり止《や》み、雲一つない空はどこまでも青く澄み渡っている。

これが青春映画だったならば青空に虹がかかると共にヒロインと再会して感動のフィナ

ーレが始まる確定演出だが、現実はそう簡単にはいかないようだ。

ぐるるるるる……。

獰猛《どうもう》な獣の唸《うな》り声にも似たおぞましい音が平日の真っ昼間の公園に鳴り響いた。

オレの腹の音だ。

「はらへった……」

空腹の限界に到達し、もはや食事をしたのが何十時間前だったのかすら思い出せない。脳髄を支配するのは暴力的な食欲だけ。別のことを考えて空腹を紛らわせようとしても、まともな思考ができないのでどうにもならなかった。

ぐるるる、ぐるるるるっ。

「ママー、何あれー」

公園に立ち寄った子供が母親の手を引き、オレの姿を物珍しそうに指さした。成程、公園のベンチで腹の音を響かせながら結跏趺坐をしている男はさぞ珍しかろう。

「見ちゃダメ！」

オレの存在を確認するや否《いな》や、血相を変えた母親は子供の手を引っ張って公園を去って行った。少し心が痛んだが、俯瞰《ふかん》したら今のオレはただの不審者か、あるいは新手の妖怪にしか見えないのだからしょうがない。

ぐるるるっるるるっ。

昨日、外村に見せびらかされたたまご焼きサンドが脳裏を過《よぎ》り、口内に唾液が一気に溢れ返った。ふっわふわの食パン、ボリューミーなたまご焼き、その二つが織りなすハーモニー……ああ、思いっきりかぶりついて、理性をかなぐり捨てて、ムシャムシャと頬張りたい。

ぐるるるっるるるるっるるっ。

このままでは即身仏になってしまうのではないか、と朧気《おぼろげ》な意識で考えていると、公園の外で一際《ひときわ》目を引く女子高生の姿が視界に映った。濃紺のブレザーにチェックのプリーツスカート、蔦見《つたみ》高校の生徒だ。オレが言えたことではないが、こんな平日の真っ昼間に何をしているのだろう。

「あ」

ジッと見過ぎていたせいで女子高生と目が合い、思わずマヌケな声を発してしまった。

「ふん」

オレの存在に気づいた女子高生は鋭いツリ目を更に吊り上がらせ、眉間に深い皺《しわ》を刻んだ。そして、初夏の暑さをも凍《い》てつかせる存在感を放ち、静かな足取りでオレのもとまで近づいてきた。

そう、その女子高生は猫のような可愛《かわい》さと狼《おおかみ》のような美しさを併せ持つ獄氷の姫君《コキュートス・プリンセス》、瑞城《みずしろ》さんだった。

「うわ……」

汚物を見るよりも酷《ひど》い目つきでオレを見つめ、瑞城さんは冷ややかな声を吐き出した。

「……何してんの」

「こ、これはその——」

しどろもどろに言い訳を口にしようとしたが、瑞城さんの人を殺しそうな視線に遮られてしまった。

「説明しなくていいから。どうせ青臭くて暑苦しい理由に決まってるし」

「あ、ああ……あはは」

冷めた口調で図星を突かれ、オレは乾いた笑いを上げることしかできなかった。

「……ちなみに、瑞城さんは何を？」

恐る恐る質問すると、瑞城さんは「ふん」と鼻を鳴らした。

「ピクニック」

「ピクニック？」

瑞城さんの冷血なイメージとはかけ離れた牧歌的な言葉に対し、脳内が疑問符で溢れ返った。もしかして、オレの知らない物騒な隠語なのだろうか。

「たまに学校サボって一人でピクニックに行くのが好きなの」

そう言って瑞城さんは大きなピクニックバスケットを見せつけた。何やらパンパンに入っているようで、随分重そうだった。相当張り切ってピクニックに行くつもりらしい。何そのギャップ可愛い。

「人がいない静かな場所でのんびりとお弁当を食べると嫌なこととか、面倒くさいこととか全部忘れられるから」

ぐごごごごごごご……ッ！

瑞城さんが口にした「お弁当」という言葉が引き金となり、地獄のような腹の音が鳴り響いた。

「……」

ドン引きの表情でオレを睨《にら》みつけた後、瑞城さんはピクニックバスケットの中からおもむろにバナナの房を取り出した。そして、房から千切ったバナナを一本、オレの眼前に突きつけた。

「え？」

突然のバナナにどう反応していいかわからず呆《ほう》けるオレに対し、瑞城さんは苛立たしげに舌打ちをした。

「食べる？」

「え、あ……あ、バナナ……」

ごぎゅぬるりぃ、と喉から今まで聞いたことがない気持ち悪い音がした。

目の前のバナナに我慢できず、オレは人間に群がるゾンビの如《ごと》き動作で手を伸ばそうとした――が、寸前で歯を食いしばって思いとどまった。

ぐごるるるるるる……るごッ！

自らの土手っ腹を殴りつけ、腹の音を無理矢理抑え込んだ。

「ぐぬぬぅ……。せ、折角の厚意を無下《むげ》にして、すまん。でも、今は食べられないんだ。空腹を満たしたら眠気がヤバいことになってしまうと思うから……」

瑞城さんには非常に申し訳ないが、これぱかりは背に腹は代えられないんだ、とオレは深く深く頭を下げた。

対する瑞城さんは腹立たしそうな表情を浮かべながらピクニックバスケットの中に再び手を突っ込み、今度は可愛らしいデザインのスープジャーを取り出した。慣れた手つきで中身をコップに注ぎ、またしてもオレの前に差し出してくれた。

「そういう時はコレ、シジミの味噌汁《みそしる》。この程度なら飲んでも眠くならないでしょ」

「確かに……。で、でも、本当にもらってもいいのか？」

受け取った味噌汁から漂う美味《うま》そうな香りに空腹が刺激され、今にも意識がぶっ飛んでしまいそうだった。

「気色悪いクズの半崎くんとはいえ、このまま放置して野垂れ死にされたら気分悪いから」

随分な言われようだが、あの瑞城さんが気にかけてくれているだけで十二分にありがたい。もはや奇跡と言っても過言ではないだろう。

「何、その顔。嫌なら飲まなくてていいけど」

「飲む、飲む！　飲ませていただきますッ！」

砂漠でオアシスを見つけた気持ちでオレは味噌汁を口にした。

一口飲んだ、その瞬間、味噌《みそ》の温《ぬく》もりが口内に染《し》み渡《わた》った。更に、渇いた喉が優しく潤い、疲れがぶしゅわっと溶けていき、スッカラカンだった胃の中が優しく満たされ、疲労《ひろう》困憊《こんぱい》だった体にグングンと力が漲《みなぎ》った。

美味い……！

声高々と叫んでご町内に報告したくなるほど、美味い！

ごきゅごきゅ、と喉を鳴らして味噌汁をガブ飲みするなんて初めての体験だった。

口にした。

「……ふぅ。ご馳走様《ちそうさま》」

牧歌的な安心感に包まれながら味噌汁を飲み干し、オレは両手を合わせて感謝の言葉を口にした。

地獄のような空腹感が完全に収まって気分爽快だ。エネルギーも充塡できたし、これならもう一踏ん張り……いや、百踏ん張りくらいできそうだ。

「めちゃくちゃ美味かった！　ありがとう、瑞城さん」

オレから受け取ったコップを抗菌シートで丁寧に拭きながらも、味噌汁を褒められて嬉《うれ》しいのか瑞城さんは満更でもなさそうに「ふんっ」と鼻を鳴らした。

「そういえば、ピクニックってどこに行くんだ？」

「渦山《うずやま》トンネル」

トンネルでピクニックってどういうことだ、とオレは首を捻《ひね》った。

「元心霊スポットよ」

更なる情報をもらっても余計にこんがらがるだけだった。そんなオレをギロリと睨んで瑞城さんは小さく息を吐き出した。

「渦山トンネルは一昔前まで人気の心霊スポットだったんだけど、ＳＮＳのせいで心霊のトリックが暴かれて一気に人気がなくなったの。だから、元心霊スポット」

「へぇー。しかし、なんでまたそんなところでピクニックを？」

「そんなところだからに決まってるでしょ」

語調を強めて瑞城さんは言葉を続けた。

「オカルトの種が割れて、人も怪異も寄りつかなくなった寂しい場所で諸行無常を感じるのが最高なの」

廃れたトンネルの隅っこでレジャーシートを広げて弁当を貪る瑞城さんの姿を想像し、ほっこりするような、おどろおどろしいような、何とも言えない奇妙な感覚に陥った。

「何その顔。失礼な想像してる？」

「え、いや、それは――」

「公園で座禅を組んでる半崎くんに変人扱いされる筋合いはないから」

何一つ反論できずに半笑いで誤魔化すオレを流し目で一瞥《いちべつ》し、すでに興味を失ったと言わんばかりの素早い足取りで瑞城さんは公園から去って行った。

★　★　★

どっぷりと夜が更《ふ》けた。

雲一つない真っ暗な空の下、古びた街灯が辺りを仄《ほの》かに照らしている。

スマホの充電が切れているので時間を確かめることはできないが、肌感覚的にそろそろ君鳥ちゃんが夜食を食べる時間帯のはずだ。

薄ぼんやりした希望を脳内で広げつつ、オレは改めて自分の姿を顧みた。

いつの間にか結跏趺坐《けっかふざ》が崩れている。代わりに、ゆったりと垂らした左足の上に右足を乗せ、右手で軽く頬杖《ほおづえ》をついてリラックスしたポーズを自然と取っていた。奇《く》しくもそれは弥勒菩薩《みろくぼさつ》が思索に耽《ふけ》る姿――半跏思惟《はんかしゆい》そのものであった！

無意識のうちに半跏思惟の体勢を取るとは我ながら徳が深い。いよいよ涅槃《ニルヴァーナ》も近いかもしれない。

などと考えていた矢先、軽やかな足音と共に何者かが近づいてくるのに気がついた。同時に香ばしいソースの匂いが鼻孔をくすぐった。青のりと混ざり合ったスパイシーなソースの匂い……間違いなく、カップ焼きそばだ。

深夜の公園にカップ焼きそばを持ってくる人影に心当たりは一人しかなく、歓喜のファンファーレが脳内で鳴り響いた。

「君鳥ちゃん……ッ！」

しかし、オレの確信に満ち溢《みあふ》れた声は夜の闇に吸い込まれて消えていった。

そこに立っていたのは君鳥ちゃんではなかった。

「いつぞやの小動物ギャル！」

そう、カップ焼きそばを持って現れたのは、君鳥ちゃんのクラスメイトの小動物ギャルだった。

「色々とツッコミどころ満載ッスけど……とりあえず、その呼び方はモブっぽくて嫌なんで止めてほしいッス」

「す、すまん」

「ウチの名前は、牛場理々《うしばりり》。苗字《みょうじ》的に小動物じゃなくて、むしろ大動物なんで、そこんところよろしくッス」

小動物ギャル改め、牛場さんは控えめな胸を大きく張った。

「それと、さっきからウチの夜食をチラチラ見てますけど、あげないッスよ」

オレの顔が物欲しそうに見えたのか、牛場さんはカップ焼きそばを抱きかかえるようにして威嚇のポーズを取った。

「いや、いらんけど……」

君鳥ちゃんとも似たようなやりとりをしたな、と懐《なつ》かしさが胸を抉《えぐ》った。

「本当ッスかねー。ラリアット先輩は何をするかわからないバーサーカーって噂《うわさ》ッスからねぇ」

「……なんでオレがラリアット先輩ってわかったんだ？」

不名誉極まりない悪名にげんなりしながらオレは問いただした。

「この前、ＬＩＮＥで写真付きの噂が回ってきたんスよ。二年生の半崎獏也《ばくや》、通称ラリアット先輩。入学式の日に校長にラリアットしたりー、演劇部から衣装を奪うためにラリアットしたりー、桜の木をラリアットで粉砕したりー。とんでもねぇッス」

「噂に尾ひれが付き過ぎだろ」

悪名だけじゃなく写真まで出回っていることに戦慄する。オレのプライバシーはどうなっているんだ。

「そんで、ラリアット先輩は何してるんスか？　さっきウチのことを小比類巻さんと勘違いしてたッスけど……もしや、こんな夜中に待ち合わせッスか？　エロエロッスねぇ」

カップ焼きそばをむしゃむしゃと頬張りながら牛場さんは興味深そうに目を見開いた。

「……待ち合わせじゃないし、エロエロでもないから」

「待ち合わせの約束もしていないのに小比類巻さんが来るのを待ってるんスか？　うわー、ほとんどストーカーじゃないッスか」

「す、ストーカーじゃない！」

慌てて訂正するが、今の自分を俯瞰《ふかん》で見てみると、ストーカー以外の何者でもない気がして背中に冷や汗が滲《にじ》んだ。

「ストーカーじゃなかったら、こんなこと普通はしないッスよ」

「普通、か」

牛場さんが何気なく口にした言葉を声に出して反芻《はんすう》し、オレは思わず口元を緩ませた。

そんなオレを一瞥して牛場さんは「気持ち悪いッス」とシンプルな感想を漏らした。

「というか、勝手に待ってるってことは小比類巻さんが学校を休んでることも知らない感じッスか？」

「え？」

「あー、やっぱり知らなかったんスねぇ」

「ちょっと待ってくれ！　どういうことだッ⁉」

ヒートアップして身を乗り出したオレに対し、牛場さんは顔をしかめて一歩後退《あとずさ》った。

「うわー、暑苦しいッスねぇ」

「す、すまん……」

感情的になるのはダメだとわかっているのだが……どうしても、君鳥ちゃんのことを思うと頭に血が上ってしまうのだ。こういう時、外村ならスマートに聞き出すんだろうな、と親友のコミュ力の高さを羨んだ。

「小比類巻さん、昨日今日と丸二日学校を休んでいるんスよ。なんで休んでいるのかは知らないッスけどねー」

二日間というとオレが公園で待ち続けている日数と一致している。つまり、オレに別れを告げたあの日から君鳥ちゃんは学校に来なくなった、ということだ。自意識過剰でも深読みでも何でもなく、オレが原因だと考えるのが自然だろう……。

「クラスでも色々と噂になってるんスよ。例えば、引っ越ししたんじゃないかー、とか」

引っ越し？

これまで考えもしなかった言葉に虚を衝《つ》かれて一瞬、目の前が暗転した。

「友達もいないし、学校に思い入れもなさそうだし、スパッと引っ越ししたっていう説は全然あり得るッス。小比類巻さん、ぼっち極まれりって感じッスから」

牛場さんは眉をひそめてオレの顔を見つめた。

「そんな小比類巻さんを執拗《しつよう》に狙うラリアット先輩も気になるッスけど……。まぁ、おっぱいデカいッスもんね～」

ケラケラと笑いながら牛場さんは軽口を叩《たた》くが、今のオレの鼓膜には何も響くことはなかった。ただ、君鳥ちゃんがいなくなる現実が重くのしかかり、ひたすら鼓動が速くなっていく。

「って、何を辛気臭い顔してるんスかー。そんなに小比類巻さんが引っ越しすることがショックなんスか？　ピュアッスねぇ」

食べ終わったカップ焼きそばを片付けている牛場さんを一瞥し、オレは手のひらに滲んだ汗を拭った。

「さーて、腹も膨れたし帰りますわ。このままラリアット先輩と一緒にいると気が滅入《めい》るッスから。ほんじゃ、また」

そうして牛場さんが帰った後、重苦しい静寂の中でオレは頭を抱えてうずくまった。

君鳥ちゃんが引っ越しするというのはあくまで噂、眉唾だ。

しかし、学校を休んでいることも、公園にカップ焼きそばを食べに来ないことも、マンションにいないことも、オレに連絡をしてくれないことも、引っ越しするということで全てが符合する。

もし、このままLINEをブロックされたり、アカウントを削除されたりしたら、君鳥ちゃんとの関係は本当に途絶えてしまうだろう。

それはつまり、完全な断絶。

もう二度と君鳥ちゃんに会えないということだ。

最悪の結末が脳裏を過《よぎ》り、君鳥ちゃんの最後の言葉が残響した。

★　★　★

暗く陰った地面を見つめたまま、オレは呆然《ぼうぜん》とベンチに座り続けていた。

もはや、眠気も空腹も疲労も何も感じない。時間感覚もぐちゃぐちゃで、どれだけの時間が過ぎ去ったのかもわからない。

心は空っぽだった。なのに、酷《ひど》く濁っていた。

果てしない虚無感と、それに相反するような生々しい不安と立体的な焦燥感がごちゃ混ぜになっていた。

……もう二度と君鳥ちゃんに会えないかもしれない。

最悪の想像がグツグツと煮《に》え滾《たぎ》り、ヘドロのような悪臭を撒《ま》き散《ち》らして心を蝕《むしば》んでいく。

頭の中にはひたすらネガティブな思考が溢れ返っているというのに、感情はぴくとも動かなかった。涙の一雫《しずく》すら流れやしなかった。体中の水分が涸《か》れているからか、それとも生命としての本能が根こそぎ枯れ果てたからなのか、どちらともわからなかった。いや、どちらでもよかった。

どうでもよかった。

かひゅ、かひゅ、と耳障《みみざわ》りな音が渇ききった喉から漏れ出た。

心身共に限界なのかもしれない。……そもそも、限界なんてものはとっくの昔に超えている気がした。じゃあ、いいか。と、自暴自棄になって諦めかけた——

——その瞬間。


「何してるんですか、先輩」


突然、聴き慣れた声が鼓膜に響き、息が詰まった。

「……ッ！」

言葉にならない声と共にオレは顔を上げた。すると、そこには一人の女の子が立っていた。

少し乱れているセミロングの髪の毛。ダウナーな空気感を醸《かも》し出《だ》すタレ目にはどこか困惑の色が混じっている。そして、見慣れたクリーム色のパーカーには汗がほんのりと滲んでいた。

「き、君鳥ちゃん……ッ」

君鳥ちゃんが目の前にいることに驚きを隠せず、オレはあんぐりと口を開けて固まった。

ご都合主義な夢を見ているわけでも、妄想を具現化した幻覚が見えているわけでもない、
間違いなく本物の君鳥ちゃんだ。

感動と歓喜に震えながら、オレはよたよたと立ち上がった。

「もしかして、ずっと待っていたんですか」

「え？　……ああ、そうだが」

「アホなんですか」

オレの酷い有様《ありさま》をジロジロと見つめて、君鳥ちゃんは「アホなんですよね」と小さく
呟《つぶや》いた。

「そんなことより、君鳥ちゃん……ひ、引っ越しは大丈夫なのか？」

もつれる舌を懸命に動かしながら言葉を発したオレに対し、君鳥ちゃんは眉を八の字に
曲げて首を傾《かし》げた。

「引っ越し？　何を寝ぼけたこと言ってるんですか」

「いや、だって、学校を二日も休んで――」

「あー、そういうことですか」

オレの言葉を遮って、君鳥ちゃんはうんざりした様子で相槌《あいづち》を打った。

「昨日今日と学校を休んだ理由は、遠い親戚の法事で実家に帰っていたからです。ただのそれだけです。つまり、引っ越し云々《うんぬん》は先輩のアホな勘違いということです」

それ以上でもそれ以下でもない、と君鳥ちゃんはあっけらかんと答えた。

「ところで先輩、スマホの充電切れてますよね？」

「何故《なぜ》それを……？」

「やっぱり」

オレの言葉を聞いて君鳥ちゃんは深々とため息を吐き出した。

「先輩からの鬼電がいい加減しんどくなったんで、昨日の夜にＬＩＮＥで実家に帰ってることをお伝えしたんです。なのに既読も付かないから、こうしてわざわざ公園に来てあげたんです。……まったく、感謝してひれ伏してくださいよ」

開いた口が塞がらないとはまさにこのことだった。

君鳥ちゃんが引っ越しするのは普通に勘違いで、ただ実家に帰っていただけで、しかもスマホの充電さえ切れていなかったらこんな絶望することもなかったただなんて……。自分の要領の悪さにほとほと呆《あき》れ返《かえ》った。と同時に心の底から「よかった」と安堵《あんど》の言葉を吐き出した。

「何はともあれ、心配をおかけしたことは素直に謝ります」

ぺこり、とお辞儀をしたあと、ゆっくりと顔を上げて君鳥ちゃんは唇を尖《とが》らせた。

「それはそれとして」

オレの顔から視線を外し、君鳥ちゃんは虚空《こくう》を見上げた。

「さようなら、って言いましたよね」

それは、感情が一切ない声色だった。

拒絶でも、嫌悪《けんお》でも、無関心ですらない……虚無の声。まるで、感情を無理やり押し殺して絞り出した嘘《うそ》偽りの声だ。これ以上私に関わらないで、そう懇願しているように感じてオレは胸が痛くなった。

眠らない君鳥ちゃんと眠れるようになったオレ。

二人を隔てるのは絶対的な境界線。

しかし、それがどうした。

「確かに、君鳥ちゃんはオレに別れを告げた。だが、オレは返事をしていない。だから、こうして待ち続けていたんだ。さようならの言葉を突っぱねるために」

「……そういう青臭くて暑苦しいところ、気持ちが悪いですよ」

「ああ、よく言われるよ」

君鳥ちゃんのか細い罵倒の言葉を容易《たやす》く跳ね返し、オレは力強く頷《うなず》いた。

「ねぇ、先輩。普通じゃない私のことなんか放っておいてください」

「…………普通じゃない、か」

「はい」

静かに、それでいて、途方もなく重く、君鳥ちゃんは頷いた。

「こう見えて私、小学生の頃はクラスの人気者だったんですよ。火事が起きてトラウマで眠れなくなってからは腫れ物扱いをされるようになっちゃいましたけど」

無理矢理嘲り笑うように君鳥ちゃんの口調は酷く自虐的だった。

「それから、寝不足でイライラするのも相まって人付き合いが苦手になって、どんどん孤独になっていきました。授業中いつも眠ってるくせに成績が良くて、おまけに可愛《かわい》くておっぱいも大きいんですから、それはもう妬まれて当然ですよね」

ゆさゆさ、と胸をわざとらしく揺らして君鳥ちゃんはシニカルに微笑《ほほえ》んだ。

「人間関係なんてものは虚像の空中戦なんです。人気者だから仲良くする、腫れ物だから遠ざかる、実にシンプルです。その打算が見えないよう、いかに偽り、欺き、騙《だま》すか……それが真理です」

「だから、オレを騙して道連れにしようとしたってわけか」

「ご明察です。ご覧の通り、失敗に終わってしまいましたが」

肩をすくめる君鳥ちゃんを見据え、オレは首を横に振った。

「君鳥ちゃん。オレは小学生の時、階段を上っている女子のパンツが見えそうになってドキドキして、足を踏み外して全治二ヶ月の骨折をしたことがあるぞ」

「な、何をいきなり言ってるんですか！」

話の流れをぶった切る突然のカミングアウトに君鳥ちゃんはシリアスな表情を崩して驚愕《きょうがく》した。しかし、オレは気にすることなく、更なるカミングアウトを口にした。

「中学生の時、無修正のアダルト動画を初めて見たリアクションをクラスメイトに盗撮され、ネットに拡散されてバズったこともあるぞ」

一応、目元を隠されていたので顔バレすることはなかったのが不幸中の幸いだ。あの時は外村が頑張って鎮火してくれたのが友情を感じて嬉《うれ》しかったなぁ。……外村が火元の説もあるが。

「ちなみに、オレも現在進行形で腫れ物扱いを受けているぜ。校長先生にラリアットをするヤバいヤツとしてな。最近では顔写真付きでとんでもない逸話がＬＩＮＥで出回っているらしい」

自分で言っておいて哀《かな》しくなってきたが、それでもめげることなく言葉を続けた。

「そして君鳥ちゃんも知ってのとおり、瑞城《みずしろ》さんに勢いで告白しようとして無様に玉砕し、トラウマをこじらせて不眠症になってしまった」

「さっきから何を言っているんですか！」

声を荒らげた君鳥ちゃんに負けじとオレも声を張り上げた。

「つまり、こんなオレでも今日も元気に生きているということだ！　だから、君鳥ちゃんも気にすることはない。普通じゃなくていいんだ。そう！　これぞまさしく、しかしもカカシもバッカルコーンだ！」

勢い任せのオレの言葉を聞き、君鳥ちゃんは薄く微笑んだ。

「ネガティブなんだかポジティブなんだかわからない、妙ちくりんだけど胸に響く先輩らしい言葉ですね」

君鳥ちゃんの眠たげな瞳にオレの姿が映り、ぼんやりと歪《ゆが》んだ。

「でも、それだけじゃ何の解決にもならないんですよ。普通じゃない自分を肯定したところで、トラウマはなくなりませんから。先輩の言葉がどれほど嬉しくても、理想論や感情論では夜の孤独は拭えないんです」

冷淡に笑う君鳥ちゃんを見据えて、オレはハッキリとした口調で言葉を返した。

「わかってる」

いや。

わかっていた。

最初から、オレはわかっていた。

理想論や感情論が通じないことなんて、わかりきっていた。四年間、夜の孤独に苦しみ続けた君鳥ちゃんがそんな簡単に眠れるわけがない、そんなご都合主義な展開は起こるわけがない、と。

わかっていながらも、淡くて甘い希望にすがっていた。もしかしたら奇跡が起きるかもしれない、と切に願って。現実から逃げて、諦めて、必死にもがいていた。

でも、それももう終わり。

奇跡は起きない。

どうしようもない。

だったら、あとは腹を括《くく》るだけだ。

「君鳥ちゃん。……オレと一緒に眠ろう」

奇跡を諦めて、何の策もなく、オレは真《ま》っ直《す》ぐ君鳥ちゃんを見据えて言葉を口にした。

「一人だと眠れないのなら、二人で眠れば良い。そうしたら、夜の怖さもきっと紛れるはずだ。心を穏やかにして、リラックスして、のんびりいこう。別に今日眠る必要もない。今日が無理なら明日、明日が無理なら明後日《あさって》。半年でも、四年でも、ずっとオレが一緒にいるから」

「……先輩」

感情の赴くままに言葉を並べ連ねたオレに対し、君鳥ちゃんは弱々しく首を横に振って僅かな抵抗の意思を見せた。

「どうして」

そこまで言って君鳥ちゃんは言葉を詰まらせた。

どうして私のためにそこまでするのか。その質問には以前答えている。眠らない君鳥ちゃんをほったらかしにしてオレだけ眠るなんてことはできない。むしろ、気になって不眠症が再発してしまうだろう。

だから、もう君鳥ちゃんに逃げ場はない。

「先輩は………」

震える声を懸命に紡《つむ》ぎながら君鳥ちゃんはたどたどしく喋《しゃべ》り始めた。

「先輩は、とんでもないアホです」

「わかってるさ」

即答したオレをジト目で一瞥《いちべつ》し、君鳥ちゃんは軽く溜息《ためいき》を吐き出した。

「初めて会った日に私を信用して家についてくるアホです」

「確かにな」

「私に散々おちょくられても懲りないアホです」

「自分でもビックリだ」

「私に騙されて、利用されて、クソみたいな告白をして、盛大にフラれたくせにスッキリして、勝手に不眠症を克服するアホです」

「ああ……」

「私が騙していたと打ち明けても怒らなくて、むしろ私を助けたいと言うアホです」

「……あ、ああ、そうだな」

「私が来るのを待ち続けて、普通じゃないことを受け入れてくれて、あろうことか、私とずっと一緒にいるなんて臭いにもほどがあることを言うアホです」

「おい、いくら何でもアホアホ言い過ぎだぞ」

しかし、オレの文句などもはや君鳥ちゃんの耳に届くことはなく――。

「アホで、向こう見ずで、普段はウダウダ悩んでばかりで、でも猪突《ちょとつ》猛進な熱血バカでもあって、本当にアホです。わけがわからないにもほどがあります」

怒濤《どとう》のアホ呼ばわりに呆気《あっけ》に取《と》られるオレを悪戯《いたずら》っぽい眼差《まなざ》しでチラッと見て、君鳥ちゃんは目を細めた。

「でも、嬉しかったです。わけがわからないくらい嬉しかったです」

くしゃっとはにかんだ笑顔は今にも泣きそうなほど感情がこもっていた。

「火事のトラウマに怯《おび》え続けて、四年間一人ぼっちで、寂しくて、色々と諦めて、それでもどうしようもなくて、心を無にするように努めていました。誰かに頼ることもできなくて、一人で逃げ続けてきました」

震える声にたっぷりの感情を乗せて、君鳥ちゃんは言葉を繋げる。

「そんな私に先輩は寄り添ってくれました。こんな私を受け入れてくれました」

君鳥ちゃんは弾《はじ》けるような満面の笑みでオレを真っ直ぐ見つめた。

「だから先輩……ありがとうございます」

そして、オレのもとに歩み寄り、君鳥ちゃんはペロッと舌を出して微笑んだ。

「先輩のご好意に甘えちゃいますね」

☆　☆　☆

先輩から何通も届いていたＬＩＮＥ全てに改めて目を通し、私は自分の部屋で一人、ニマニマと頬を緩ませた。

心配をかけた申し訳なさと、こんなにも思ってくれた嬉しさで胸がいっぱいだ。

すっごく、温かい気持ち……。

先輩の優しい笑顔が脳裏に浮かび、頬が更にゆるゆるになりそうだったけれど……何とか歯を食いしばって耐え忍んだ。今は幸せを噛《か》みしめている暇はない。先輩がシャワーを浴びている間に散らかっている部屋を綺麗《きれい》にしないといけないのだ。

スマホを枕元に置き、私はシャキンと立ち上がった。そして、どこから片付けようか、と部屋の中を見渡した。それにしても、女子力のない散らかった部屋だなぁ。

まずは、例によって例の如《ごと》く、ベッドの上に積み重なった無数のぬいぐるみ達。この前、先輩に別れを告げた後、クローゼットから取り出して再びベッドの上にぶちまけてしまっていたのだ。

何度も何度もクローゼットとベッドを行ったり来たりさせて、ぞんざいな扱いをしてゴメンね……と謝りながら、私はぬいぐるみ達を一つ一つ丁寧にクローゼットにしまい込んだ。

そうだ。今度、この子達をちゃんと飾れる場所を用意しよう。

孤独を紛らわすための存在ではなく、純粋にぬいぐるみとして愛せるように。

確か、比辻野《ひつじの》商店街にいい感じの家具専門店があったはずだし……。

「今まで、ありがとう」

ぬいぐるみ達への感謝の言葉を口にして、私はベッドの片付けを完了させた。

お次は……部屋の片隅で圧倒的な存在感を放つ真っ赤な消火器だ。ぬいぐるみ達と同じようにクローゼットにしまおうと思ったけれど……これはこのままでもいいかもしれない。女子の部屋に無骨な消火器がズドンと置いてあるのは逆に上級者なオシャレに見えるかもしれないし。いわゆる、外し的な。

不意に、脳の奥底からバチバチと炎が爆《は》ぜる音が聞こえた。夜の部屋に一人でいる時にいつも起きるトラウマのフラッシュバックだ。これまでなら抗《あらが》うことができず、ヘナヘナとへたり込んでしまうところだが――今日は、違う。

目をギュッと瞑《つぶ》り、頭の中で先輩の言葉を何回も繰り返した。

すると、発作はすぐに治まり、心が一気に軽くなった。穏やかな気持ちで深呼吸をするとリードディフューザーから香るベルガモットの匂いが鼻孔の奥にふんわりと広がった。

そういえば、先輩が初めて部屋にやってきた時ベルガモットの香りが気になったのか、やたらめったら匂いを嗅ぎまくっていたっけ。あの時の先輩のまぬけ面《づら》は思い出すだけで吹き出してしまいそうになる。

悉《ことごと》く面白い人だなぁ、先輩は。

ほんわかしつつ、部屋の中を見回した。

一番重要なベッドの上は片付けたし、これで先輩を迎え入れる準備は万全だ……と思った、その時。ふと、ガラスのローテーブルの上に無造作に置かれている朱色の耳かき棒が視界に入り、忌々《いまいま》しい記憶が蘇《よみがえ》った。

数日前、調子に乗った先輩に耳かきをされ、あろうことか散々に辱《はずかし》められてしまったのだ。いつもおちょくっている相手に逆にいじめ抜かれてしまった屈辱。人前であんなに乱れてしまった恥辱。ああ、思い出すだけで………。

「あーあーあー」

恥ずかしさを払拭《ふっしょく》するためにまぬけな声を上げて私はあたふたと身悶えした。しかし、この行為こそが恥ずかしさの極みであると早々に気づき、誰に見られるわけでもないというのに慌てて姿勢を正して咳払《せきばら》いをした。

「けほん」

……って、この前も同じようなことをしていた気がする。まったく、こんな真夜中に私は一人でいったい何をやっているんだ。

と、その時、お風呂《ふろ》場から先輩が出てくる気配がして、思わず頬が綻んだ。

そうだ。

私はもう一人じゃないんだ。

☆　☆　☆

真っ暗闇の中、ひんやりとしたベッドに横たわってオレは見慣れた天井を見つめた。

「ふふっ」

隣から朗らかな笑い声が聴こえて、オレは思わずピクンと震え上がった。わかってはいたことだが、それにしても、距離が近過ぎてドキドキが止まらない。

「緊張しているんですか、先輩」

「あ、ああ」

震える声で頷《うなず》き、オレは自分の置かれている現状を改めて把握した。

オレは今、君鳥ちゃんの部屋で、君鳥ちゃんのベッドで、君鳥ちゃんと共に横になっているのだ。

「一緒のベッドを使うなんて、いつもやっていたことじゃないですか」

「確かに、そうだが……」

いつもは君鳥ちゃんに半ば無理やりベッドに連れてこられていたのに対し、今回はオレ自らが君鳥ちゃんを誘ったのだ。やっていることはいつも通りだが、アプローチが正反対で慣れないことをしたせいでヘタレ根性が疼《うず》いてしまったのかもしれない。我ながら厄介な性格だ。

「さっきはあんなに偉そうなこと言っていたくせに……情けないですね」

「うぐっ」

突然、顔にもふもふのクッションを押し付けられ、オレはくぐもった声を漏らした。

「先輩は本当に、ムッツリスケベの童貞クソ野郎だけど、いざとなると腰が引けて何もできない臆病チキンの仮性包茎マゾヒストですね」

聴き慣れた罵《ば》詈《り》雑言に思わず顔が綻んでしまった。

「先輩」

クッションをオレの顔から奪い取り、君鳥ちゃんはもぞもぞとベッドの上を這《は》いずった。ずり、ずり。ずり、ずり。と、ゆっくりと動くたびに君鳥ちゃんの色々と柔らかい部分がオレの体と擦れ合う。

……こ、これは、いかん！

慌てふためくオレのことなどお構いなしに君鳥ちゃんはくすくすと微笑《ほほえ》んだ。

「どうしたんですか？」

オレの胸元に顔を寄せて、君鳥ちゃんは柔らかく囁《ささや》いた。

「な、何でもない……っ」

「先輩……どくん、どくん、どくん、って心臓の音が聴こえますよ」

君鳥ちゃんが囁くたびに温かい吐息が左胸をくすぐり、オレはビクビクと身悶《みもだ》えした。

「あ、速くなりました。ふふっ。また、えっちなこと考えているんですか？」

「考えてないっ！」

今にも跳び上がってしまいそうなくすぐったさの中、オレは死に物狂いで耐え忍んだ。

ここで騒げばいつものパターンになってしまう。あくまで今日は――今日からは君鳥ちゃんの安眠のために一緒に眠るんだから、オレが暴れ狂っては元も子もない……！

「先輩の心臓の音を聴いていると何だか、落ち着きます」

心音はＡＳＭＲでも人気だからな、と脊髄反射で喉元まで出かかった言葉をオレは慌てて呑《の》み込んだ。

そういう話ではないのだ。

これまで君鳥ちゃんは夜の静寂を恐れ、賑《にぎ》やかな休み時間の教室でしか眠らなかった。眠っている間にまた火事が起きたら――という恐怖に苛《さいな》まれ続けてきた。そんな君鳥ちゃんにとってオレの心臓の音は誰かが傍《そば》にいる証《あかし》、つまり孤独ではないことを証明する安心感になったのだ。

オレの存在が君鳥ちゃんの役に立てた、その喜びに頬がだらしなくニヤけてしまう。

「……君鳥ちゃん？」

オレの呼びかけに対し、君鳥ちゃんは何も答えなかった。

すぅ……すぅ……と、一定のリズムでオレの胸元に息を吐き出し続けている。おちょくるための吐息とはまるで違う、とても静かで優しい風圧だ。

君鳥ちゃんはオレの胸元に顔をくっつけたまま、ぐっすりと眠っていた。暗闇の中でもわかるほど、その寝顔は幸せそうだった。子供のように無防備な寝顔を眺めていると、オレまで幸せな気分が溢《あふ》れてくる。

ありきたりな表現かもしれないが、君鳥ちゃんの寝顔は天使そのものだった。

「おやすみ、君鳥ちゃん」

それにしても、あんなに眠らないと言っていたのに、こうもあっさり眠ってしまうとは……。君鳥ちゃんが眠れるようになるまでずっと一緒にいる、と腹を括《くく》ったばかりだったから正直なところ拍子抜けではある。

でも、眠るということは本来そういうモノなのだろう。

眠れない時はどれだけ頑張ってもどうしようもないけれど、眠れるようになったら拍子抜けするほどにあっさり眠れてしまう。ただ、眠れなかったオレが——眠らなかった君鳥ちゃんがその感覚を忘れてしまっていただけなんだ。

君鳥ちゃんが後押ししてくれたから、オレは瑞城《みずしろ》さんに告白して眠れるようになった。

傍にいるオレの心臓の音を聴いて安心できたから、君鳥ちゃんは眠れるようになった。

持ちつ持たれつだ。

そして、オレは君鳥ちゃんの寝顔を一瞥《いちべつ》し、安らかな気持ちで目を閉じた。

オレも眠ろう。

ああ、心地よい疲労感と充足感でぐっすりと眠れそうだ。

…………。

しかし、下腹部に何やら柔らかな物体が押し付けられてむにょむにょしていることに気づき、オレは心臓が爆発するかのような衝動に襲われた。

クッションなんて比にならないレベルのふわふわ、ほよほよの感触。

十六年間生きてきて初めて感じるむにむに、ふよんふよんの気持ち良さ。

その名は、おっぱい。

そう、君鳥ちゃんのおっぱいがオレの下腹部に押し付けられて大変なことになっているのだ！　ついさっきまでは真面目なことを考えていたので何とかなっていたが、おっぱいの存在に気がついて意識してしまった今、もはやオレの煩悩《ぼんのう》はどうしようもなく有頂天！

当然、眠気なんて一瞬で吹き飛んでしまった。

……夜はブラジャーをつけない、と以前君鳥ちゃんが言っていたことを思い出した。

即《すなわ》ち、ノーブラ！　つまり、君鳥ちゃんはペラペラのTシャツ一枚だけが隔てるおっぱいでオレの下腹部を圧迫しているということだッ……！

って、ダメだ……オレは一体全体、何を考えているんだ！

折角、良《い》い話で終わりそうだったのに！

おっぱいに全てが圧《お》し潰されてしまうなんて！

このままでは心臓の音がとんでもない爆音になって君鳥ちゃんを起こしてしまうかもしれない……！　それだけは阻止しなければ！　だから、頼む……煩悩よ、鎮《しず》まってくれ。つまらない性欲で君鳥ちゃんの安眠を邪魔しないでくれ。

ええい、鎮まれ、鎮まれぇい！

おっぱいに負けるな――――ッ！

仏説魔訶般若波羅蜜多心経
観自在菩薩　行深般若波羅蜜多時
照見五蘊皆空　度一切苦厄
舎利子　色不異空　空不異色
色即是空　空即是色
受想行識　亦復如是
舎利子　是諸法空相
不生不滅　不垢不浄　不増不減
是故空中無色　無受想行識
無眼耳鼻舌身意　無色声香味触法
無眼界　乃至無意識界
無無明　亦無無明尽
乃至無老死　亦無老死尽
無苦集滅道　無智亦無得　以無所得故
菩提薩埵　依般若波羅蜜多故
心無罣礙　無罣礙故　無有恐怖

遠離一切顚倒夢想　究竟涅槃
三世諸仏　依般若波羅蜜多故
得阿耨多羅三藐三菩提
故知般若波羅蜜多
是大神呪　是大明呪
是無上呪　是無等等呪
能除一切苦　真実不虚
故説般若波羅蜜多呪
即説呪曰
羯諦　羯諦　波羅羯諦
波羅僧羯諦　菩提薩婆訶
般若心経

エピローグ

おっぱいを感じて般若心経を唱え続けていたら朝になっていた。

我ながらアホ過ぎて頭が痛くなる。

君鳥ちゃんの安眠を邪魔しないよう、必死に般若心経を唱えて煩悩を無理やり押さえつけていたせいで心身共に疲労困憊《ひろうこんぱい》だ。未《いま》だに頭の中で般若心経が無限ループしている気がする……。マニ車になった気分だ。

窓から差し込む爽やかな日差しが目に沁《し》みる。徹夜明けの疲れ切った体に日光は毒に等しい。このまま煩悩諸共に浄化されてしまいそうだ。

そんなオレとは対照的に、四年ぶりに熟睡した君鳥ちゃんは至上稀《まれ》に見るほど元気いっぱいだった。

「んっ～ぅ」

たまごかけごはんを口いっぱいに頬張り、君鳥ちゃんは甘美な声を上げて身悶えした。

「先輩イチオシのだし醤油たまごかけごはん、めちゃくちゃ美味しいですっ。無限おかわりです！」

そう言って君鳥ちゃんは四杯目のたまごかけごはんをペロリと平らげた。ぐっすり眠ったからか、いつにも増して気分爽快な大食いっぷりだ。誇張抜きで無限に食べ続けそうな勢いを感じる。

「ところで、先輩って夏の予定ありますか？」

「夏？」

「はい。一年中で最も高温多湿で日中が長い、春の次にあって、秋の前にある季節のことを夏と言います」

「いや、夏の定義は知っているに決まってるだろ。そうじゃなくて、夏の予定を聞いてきた理由が気になったんだよ」

五杯目のたまごかけごはんを用意しつつ、君鳥ちゃんは「ふふっ」と蠱惑《こわく》的な笑みを浮かべた。

「だって、あと一ヶ月くらいで夏到来じゃないですか。どうせなら先輩と夏の夜を満喫したいなー、と思いまして」

甘えるような猫撫《ねこな》で声《ごえ》で言われ、思春期まっただ中のオレはあれやこれやの妄想と共に胸を高鳴らせた。

「あ、でも先輩は忙しいですよね。海に行って水着の女性に劣情を催したり、夏祭りに行って浴衣《ゆかた》姿の女性に劣情を催したり、薄手の夏服の女性に劣情を催したり、ソフトクリームを舐《な》める女性に劣情を催したり」

「劣情を催し過ぎだ！」

「ちなみに、先輩は女性の浴衣はノーパン派ですか？　それとも、パンツのラインが透けていることに興奮する派ですか？」

「それは勿論《もちろん》パンツ――って、変なことを聞くんじゃない！」

君鳥ちゃんのペースに呑《の》まれて元気よく答えてしまうところだった、危ない危ない。

「ふふっ。何はともあれ、夏が楽しみですね」

ご満悦の表情でたまごかけごはんを食べる君鳥ちゃんから目を逸《そ》らし、オレは腕を組んで考えを巡らせた。

確かに、君鳥ちゃんと過ごす夏は楽しみだ。それはもう、想像するだけで煩悩が超新星爆発を起こしそうなくらい楽しみだ……が、しかし。それはそれとして、ネガティブな不安が心の中にブラックホールのように渦巻いているのも事実だった。

蒸し暑くて寝苦しい熱帯夜。クーラーを効かせ過ぎた末の夏風邪。リアル、ネット共に夜遅くまで行われるお祭りイベントを堪能《たんのう》し過ぎての寝不足。そして、夏休み特有の昼夜逆転生活。……と、夏は眠れなくなる要素が山盛りなのだ。

「ねぇ、先輩。さっきから眉間に皺《しわ》を寄せて押し黙ってますけど……ウダウダとしょうもないことを考えていませんか？」

「うぐ」

ものの見事に図星を突かれ、オレは言葉を詰まらせた。

「それに、何だかお疲れな顔ですよ？　さっきから箸が全然進んでませんし」

オレの前に置いてある手つかずのたまごかけごはんを羨ましそうな眼差《まなざ》しで見つめ、君鳥ちゃんは小首を傾《かし》げた。

「もしかして、眠れなかったんですか？」

タレ目をパチクリさせる君鳥ちゃんを一瞥し、オレは渋々頷《うなず》いた。

「ああ。……不眠症が再発してしまったのかも」

おっぱいのせいで眠れなかった、とは流石《さすが》に言えなかった。

「そうですか」

君鳥ちゃんは空っぽのお茶碗《ちゃわん》と箸をローテーブルに置き、澄ました顔で頬を緩めた。

「それじゃあ、今度は私のターンですね」

「え？」

「先輩がぐっすり眠れるようにお手伝いさせてください」

「待て、待て、待て。気持ちは嬉《うれ》しいが、君鳥ちゃんは折角眠れるようになったんだぞ。なのに、今更オレの手伝いなんて君鳥ちゃんにメリットがないじゃないか」

「私が眠るためには先輩の存在が必要不可欠なので、持ちつ持たれつです」

くしゃっと顔をはにかませて、君鳥ちゃんはキッパリと断言した。

「それに、先輩をおちょくって楽しめるのは私にとって大きなメリットですから」

「君鳥ちゃん……」

この子には敵《かな》わないな、とオレは観念して肩をすくめた。

きっと、オレ達の安眠までの道のりは果てしないものになるだろう。君鳥ちゃんが眠るためにはオレの添い寝が必須。なのに、君鳥ちゃんと添い寝すると煩悩が炸裂《さくれつ》してオレが逆に眠れなくなる、という二律背反のジレンマを抱えているのだから。

前途多難の茨の道だ。

だが、しかし。

しかもカカシもバッカルコーン。

茨の道、たとえ修羅の道であったとしても、君鳥ちゃんと一緒なら何だかんだ楽しく進めるはずだ。どんな困難が立ち塞がったとしても二人なら乗り越えられるはずだ。

二人なら何とかなる。……そんな何の根拠もない漠然とした希望と共に。

眠れなくても、眠らなくても、煩悩《ぼんのう》まみれでも、トラウマを抱えていても。オレには君鳥ちゃんがいる。君鳥ちゃんにはオレがいる。もう、一人じゃない。持ちつ持たれつで支え合っていける。

そんなオレ達だから。

こんなオレ達だからこそ。

きっと、大丈夫。

「せーんぱい」

突然、甘い声が耳元に響いてオレはギョッとした。横を向くと、胸がぶつかりそうなくらいの超至近距離に君鳥ちゃんが密着していた。どうやら、感慨に耽《ふけ》っていたせいで接近されていたことに気がつかなかったようだ。

「な、何をしているんだい……君鳥ちゃん？」

期待と恐怖がない交ぜになりながらも、オレは恐る恐る声を発した。

「ふふっ」

サディスティックに弾んだ笑い声と共に柔らかな風が耳の中をくすぐり、思わず反射的

に「んょ」と気色の悪い声が漏れ出てしまった。羞恥で顔が熱くなるのを感じる……。

「早速、先輩をおちょくって楽しもうと思いまして」

そして、君鳥ちゃんは「ふぅ～」とオレの耳の中に吐息をゆっくりと、たっぷりと注《そそ》ぎ込んだ。温かくて湿った空気が耳の中を満たし、抗《あらが》いようのないくすぐったさと、どうしようもない気持ち良さで理性が崩壊していく——。

「これからもよろしくお願いしますね、せんぱい？」

朦朧《もうろう》とする意識の中で聴こえた君鳥ちゃんの声はどこか照れ臭そうだった。

あとがき

『一緒に寝たいんですよね、せんぱい?』と甘くささやかれて今夜も眠れない』略して、ぱいねむ、をお読みいただき誠にありがとうございます。

本編より先にあとがきを読まれている方がいましたら、ネタバレはしませんのでご安心を。僕もASMR作品はフリートークから聴く人間なので、ついつい先にあとがきを読みたくなる気持ちがとてもよくわかります。「先にフリートークから聴いている人いないよね?」と言われてドキッとするまでがワンセットです。

……と、このままの勢いでASMRの素晴らしさについて語り尽くしたいところですが、流石《さすが》にページがいくらあっても足りないので泣く泣く割愛します。

改めまして、自己紹介をさせていただきます。

はじめまして。 井森奇恋と申します。第35回ファンタジア大賞で金賞を受賞した『毒舌後輩女子におちょくられて今夜も眠れない』を改題、改稿した本作で作家デビューしました。

ラブコメと青春ドラマを書くのが好きです。あと、ダンジョンRPGが好きです。淡々とマップを埋めていると脳が癒やされて心が落ち着きます。小説を書いて、ダンジョンRPGをプレイして、小説を書いて、ASMRを聴いて……という無限ループで生きています。

ここからは、お世話になった皆様への感謝の言葉をページが許す限りギチギチに詰め込ませていただきます。

本作を論理的に紐解《ひもと》いて組み立ててくれた担当編集のOさん、本作の未来を熱く切り開いてくれた担当編集のSさん、右も左もわからない新人の僕を親身に支えていただきありがとうございます。お二人に担当していただいて本当に良かった、と心より思っております。今後とも末永くよろしくお願い致します。ご期待に応えられるよう精進します。

イラストレーターのむにんしき先生、可愛《かわい》さとフェチがたっぷり詰まったイラストを描いていただきありがとうございます。表紙イラストを初めて見た時、作家とは思えないクソ語彙力で一昔前のコピペみたいなテンションの怪文書を担当さんに送りつけたほど感動しました。作家としてだけでなく、一人のファンとして今後も推させていただきます！

本作を栄えある金賞に選んでいただいた第35回ファンタジア大賞の選考委員の皆様、温かく迎え入れてくださった編集部の皆様、営業部の皆様、デザイナー様、校正様、印刷所の皆様、そして本作の制作・出版・施策・コミカライズにご協力してくださった皆様、ありがとうございます。

頑固親父《おやじ》キャラを愛するKくん、高校時代からずっと仲良くしてくれてありがとう。Kくんが教えてくれたあのアニメが僕の人生を大きく変えました。また一緒にオタ活しよう。米作りミリオタおじさんのIさん、長時間の会話に毎回付き合ってくれてありがとうございます。Iさんが長年に亘ってしてくれたアドバイスが血肉となって今があります。ビリヤードのゲームが得意なKさん、いつも癒やしの時間をありがとうございます。受賞のお祝いにいただいたプレゼントは僕の一生の宝物です。今年もいっぱい遊びましょう。フラフラと生きてきた僕を支えてくれた両親、ちっちゃい頃から面倒を見てくれた祖母、面と向かって感謝を伝えるのは何だか照れ臭いのでここで言わせてください。本当にありがとう。これから時間をかけて恩を返していくので期待していてください。

最後に、ぱいねむをお読みいただいた皆々様に改めて心よりの感謝を申し上げます。本作を手に取っていただき、半崎くんと君鳥ちゃんの物語を見届けてくださり、誠にありがとうございます。

眠れない夜、いつもの公園でまたお会いできることを切に願っています。

お便りはこちらまで
〒一〇二－八一七七
ファンタジア文庫編集部気付
丼森奇恋（様）宛
むにんしき（様）宛

富士見ファンタジア文庫

「一緒《いっしょ》に寝《ね》たいんですよね、せんぱい？」と甘《あま》くささやかれて今夜《こんや》も眠《ねむ》れない

令和５年３月20日　初版発行

著者——井森奇恋《いもりきれん》

発行者——山下直久

発　行——株式会社KADOKAWA
〒102-8177
東京都千代田区富士見2-13-3
0570-002-301（ナビダイヤル）

印刷所——株式会社暁印刷

製本所——本間製本株式会社

※定価はカバーに表示してあります。
●お問い合わせ
https://www.kadokawa.co.jp/（「お問い合わせ」へお進みください）
※内容によっては、お答えできない場合があります。
※サポートは日本国内のみとさせていただきます。
※Japanese text only

ISBN978-4-04-074841-2 C0193 ◇◇◇

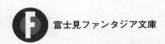

学校……じろじろ見ないで
【朗報】
俺の許嫁になった地味子、
家では可愛いしかない。
秘密の結婚生活《ラブコメ》！

ファンタジア文庫
甘えていい？
家
著者：氷高悠
イラスト：たん旦
親同士の約束で俺に嫁（3次元）ができた!?
相手は地味で目立たない同級生・綿苗結花。
「最近の推しは誰ですか!?」「遊くん…って呼んでもいい？」
趣味もピッタリ、意気投合。
しかも、慣れたら学校では想像できないほど大胆に！
彼女の素顔と、2人だけの生活は可愛さしかない!?
クラスのあの子と

僕、兄貴のこと
すっごく好きだよ！
シリーズ
重版続々
大ヒット
発売中!!

無自覚最強×ハーレム！
シリーズ
好評発売中！
妹が女騎士学園に入学したら
なぜか救国の英雄になりました。
僕《ぼく》が。
After my sister enrolling in Girl Knights'School, I become a HERO.
author.
ラマンおいどん
ill. なたーしゃ

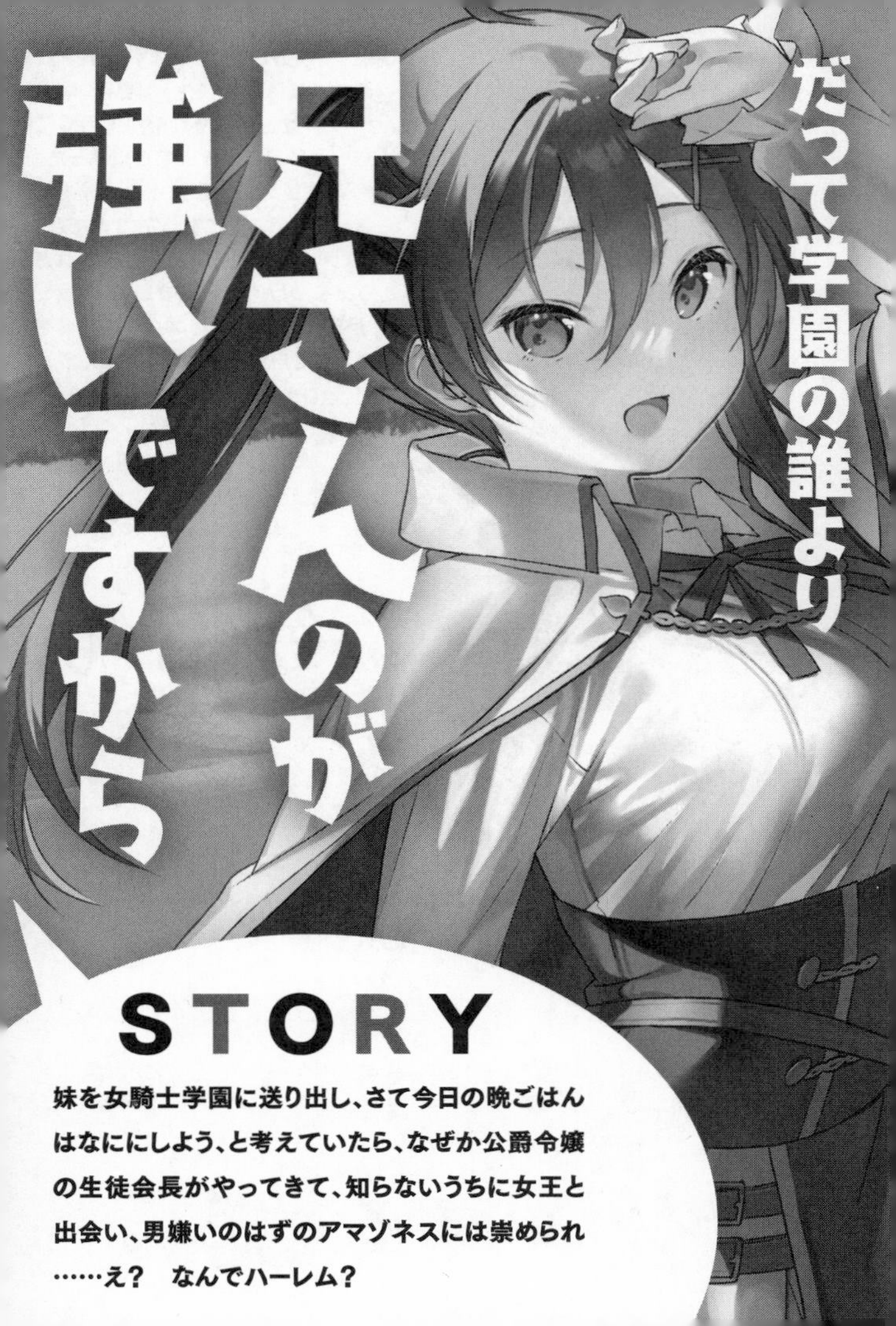
だって学園の誰より
兄さんのが
強いですから

STORY

妹を女騎士学園に送り出し、さて今日の晩ごはんはなににしよう、と考えていたら、なぜか公爵令嬢の生徒会長がやってきて、知らないうちに女王と出会い、男嫌いのはずのアマゾネスには崇められ……え？　なんでハーレム？

「す、好きです!」「えっ? ススキです!?」。
陰キャ気味な高校生・加島龍斗は、
スクールカースト最上位&憧れの白河月愛に
罰ゲームきっかけで告白することになった。
予想外の「え、だって今わたしフリーだし」という理由で
付き合うことになった二人だが、
龍斗はイケメンサッカー部員に告白される
月愛の後をつけて盗み聞きしてみたり、
月愛は付き合ったばかりの龍斗を
当たり前のように自室に連れ込んでみたり。
付き合う友達も遊びも、何もかも違う2人だが、
日々そのギャップに驚き、受け入れ合い、
そして心を通わせ始める。
読むときっとステキな気分になれるラブストーリー、
大好評でシリーズ展開中!

ありふれた毎日も
全てが愛おしい。

「済」みな「キ」「ミ」と、
「ゼ」「ロ」な「オ」「レ」が、
き「合」いする「話」。

ファンタジア文庫
何気ない一言も
キミが一緒だと
経験
経験
お付
著／長岡マキ子
イラスト／magako

騙しあい。

各国がスパイによる戦争を繰り広げる世界。任務成功率100%、しかし性格に難ありの凄腕スパイ・クラウスは、死亡率九割を超える任務に、何故か未熟な7人の少女たちを招集するのだが――。

シリーズ
好評発売中！

ファンタジア文庫